公主傳奇

30

我的歌星哥哥

馬翠蘿 著

新雅文化事業有限公司
www.sunya.com.hk

人物簡介

✦ 周曉星 ✦

周曉晴的弟弟，一個風趣幽默的淘氣精，不時有天馬行空的奇怪想法。

✦ 馬小嵐 ✦

來自香港的烏莎努爾公主，聰明美麗、正直善良。敢於向困難挑戰，最喜歡說的話是「天下事難不倒馬小嵐」。

❖ 萬卡 ❖

烏莎努爾公國第十九
代國王，風度翩翩
英勇果敢。是國民眼
中的好君王，小嵐和
曉晴曉星心目中的暖
心大哥哥。

❖ 周曉晴 ❖

馬小嵐的好朋友，
漂亮活潑，喜歡打
扮，最常做的事是
和弟弟鬥氣。

目錄

第一章

令人操心的哥哥

　　小嵐沒想到自己這麼倒霉，一覺醒來，她又穿越了。

　　對於穿越這回事，小嵐並不排斥。她本來就是個喜歡接受新事物、適應能力很強的一個女孩子，不管穿越到任何一個年代任何一種環境，她都能活得很好，都能過得很精彩。

　　不過，這次不一樣啊！怎麼不一樣呢？算了，還是你們自己往下看吧！

　　明明前一天晚上，自己還躺在媽明苑那間布置得溫馨典雅的臥房裏，但一覺醒來，就發現眼前一切都變了樣。

　　房間裏光線昏暗，好像外面的光都射不出來。小嵐一骨碌爬起牀，房間陳設簡陋，除了自己坐着的那張牀，就是一個衣櫃，一張書桌，一張椅子。

　　再瞧瞧，四面牆上空空的，沒有掛什麼畫呀照片

呀，只有一面不大的呈長方形的鏡子。

啊！這一瞧，把小嵐嚇了一大跳，她死死盯着鏡子裏的影像，嘴巴張大，滿臉的驚嚇與錯愕。

讀者看到這裏，一定在想，難道……難道小嵐也跟曉星曾經歷過的那樣，變成了一隻貓？那太糟糕了！咱們美麗高貴的公主殿下，怎可以變成一隻小寵物！

噢，放心放心，小嵐沒有變成一隻貓，她還是她自己。不過，也不完全算是自己啦，準確點説，是變小了的自己。

鏡子裏的小嵐，小胳膊小腿的，變成了一個小女孩。

小嵐跳下牀，跑近鏡子仔細端詳，這臉，這身體，不就是跟自己七歲時的樣子一樣嗎？

太可怕了，怎麼這次穿越，竟然把自己變回了小時候的模樣！這麼小的孩子，不能自己掙錢，不能自己保護自己，怎麼活呀！天下事難不倒的馬小嵐遇到這種情況，不禁也被難住了。

好迷惘，好惶恐，心裏太多疑問了：為什麼會變成小時候的自己？這是什麼地方？這是什麼年代？自己是什麼身分？名字還叫小嵐嗎？

突然聽到房間外面「砰」的一聲，把小嵐從深深的恐慌中喚醒。外面有人！小嵐很想知道自己跟什麼人住在一起，這人又跟自己什麼關係，於是，她果斷地推開房門。

　　哇哦，客廳裏站着一個很高很高的巨人！小嵐從下面開始往上看——一雙好長的腿，一雙好長的胳膊，一個好長……噢，不，一個瘦削的身體。

　　其實也不算巨人哪，只是因為小嵐變小了，變矮了，要努力仰起小腦袋才能看到那人的臉，所以才有看巨人的感覺。其實，那只是一個身材略瘦、身高大約一米八的少年。

　　小嵐抬頭看着少年，少年低頭看着小嵐，兩個人就這樣一聲不吭地互相瞧着。小嵐不吭聲，是因為不知道少年是誰，跟自己是什麼關係。而少年不吭聲，就不知道是為什麼了。

　　還是少年先開了口，他抬手撓了撓亂糟糟的頭髮，說：「依依，昨晚……睡得好嗎？叔叔突然把你從國外送回來，我什麼都沒準備。牀可能有點硬，等我掙到錢，給你買張軟軟的、舒服的牀墊。」

　　哦，原來自己叫依依，昨天才被叔叔送到這裏來，自己之前是跟叔叔住的。那自己這身分的爸爸媽

媽呢？該不會這傢伙是自己爸爸吧？小嵐皺着小眉頭打量着面前的人，看上去頂多十七、八歲吧，臉上稚氣未脫，又不像是爸爸的樣子。

少年見小嵐沒回應，聳了聳肩，又撓了撓頭，說：「你別怪叔叔，他也是沒辦法，他自己有四個孩子，其中一個還是剛出生的，所以沒法再照顧你。哥哥已經十七歲了，也應該負起照顧你的責任了。哥哥沒用，給不了你很好的生活條件，不過哥哥會努力掙錢的，會讓你將來生活得好點的。」

哥哥？原來這人是自己哥哥。

少年還想說些什麼，聽到外面有人扯着嗓子大喊：「方子言，方子言！」

少年臉色一變，捏緊了雙拳，人隨即有點煩躁。他對小嵐說：「你待在這裏，別出去，萬事有哥哥頂着。」

說完，就匆匆打開大門走了出去，又轉身把門關上。

小嵐走到門邊，悄悄打開一條縫，才發現外面全是一堆堆的破爛磚瓦，一間間被推倒的房子，似乎自己睡了一晚的，是這裏唯一存在的完好的房子。

喊方子言的是幾個男人，兩個年輕點的樣子很

兒，令人懷疑是黑社會人物；還有一個是戴眼鏡的中年人，他挾着個公文包，像辦事員之類。見到方子言走出來，兩個年輕人叉着腰，瞪着眼，努力做出一副惡樣。中年人就大聲質問說：「方子言，你怎麼還不搬走？不是跟你說了今天是最後期限嗎？我們老闆說了，你再不搬，就開一輛推土機過來，把你們的房子鏟平！」

方子言不甘示弱，說道：「不搬又怎樣？！我們大可國是一個講法律的國家。我的租約還有半個月才到期，而且租金已經交給業主了，你能把我怎樣！」

「這一片房子我們已經收購了，租金是你原來業主收的，我們管不了！」中年人指着方子言，「你講法律嗎，好，我也可以跟你講，你一直不搬，我們公司就不能開工，就要承受經濟損失。我們可以告你蓄意延誤工程，向你追討賠償！」

「對！告他，告到他傾家蕩產！」一個年輕人大聲嚷嚷。

「別浪費口水了，揍他，揍到他搬為止！」另一個年輕人張牙舞爪地喊道。

「來啊，看誰揍誰！」方子言揸緊拳頭，毫不畏懼。

兩個年輕人氣勢洶洶朝方子言走過去。

小嵐見那兩個年輕人身高體壯，怕方子言吃虧，便推開門跑了出去，跑到方子言面前，張開雙手，把方子言護住。

那兩個傢伙被突然出現的小女孩嚇了一跳，忙停住腳步。定睛一看，是個漂亮得像從畫中走出來的小女孩，兩人都愣愣地瞧着她。

「誰敢打我哥哥！」小嵐挺着小胸脯，兇巴巴地盯着那幾個人。

公主雖然變小了，但威風不減啊，那幾個傢伙竟然被她鎮住了。那中年人做出一副可憐樣子，對小嵐說：「小朋友啊，我們是建築公司的人，我們公司承接了這塊地的拆遷和重建。你看整片地方就剩你們家沒搬了。唉，我也是打工的，我也難做哪！」

小嵐歪着頭，盯着那人看了一會兒，問道：「那你們準備什麼時候正式動工？」

中年人說：「三天之後。」

小嵐說：「那好，我答應你，三天之內一定搬走。」

那中年人看到這小不點一本正經的承諾，心想會不會不靠譜？便偷偷瞟了方子言一眼，見他沒表示異

議，便説：「好啊，小朋友，我信你。就再給你們三天時間。三天哦，不能再多了。」

小嵐不耐煩了，揮揮手説：「大叔，你好囉嗦哦！」

中年人又瞧了方子言一眼，然後帶着那兩個疑似黑社會的年輕人離開了。

「真令人操心！」小嵐看了方子言一眼，搖搖頭，昂首挺胸地回屋了。

方子言鬱悶地跟在妹妹後面。

第二章

方子言的秘密

　　小嵐坐到客廳的沙發上，人小腿短，兩隻懸空的腳在沙發前面晃盪着。

　　方子言坐到小嵐對面的一張椅子上，他看看小嵐，又撓撓頭，好像不知道怎麼交流。

　　小嵐問道：「哥哥，咱們為什麼不搬走？」

　　方子言垂着頭說：「離開這裏，我們就沒地方住了，就得露宿街頭了。」

　　小嵐很奇怪：「露宿街頭？為什麼要露宿街頭？再租一間房子不就行了嗎？」

　　方子言囁嚅着說：「我……我錢不夠。一年內房租漲了一倍，我實在租不起了。」

　　錢不夠，淪落到要露宿街頭？那爸爸媽媽不管嗎？十七歲這個年齡，很多人都還是爸爸媽媽養的呀！小嵐這時候猛然想起一件事，方子言好像一直沒提起爸爸媽媽。每個人都有爸爸媽媽的呀，總不能是

石頭爆出來的。

她想問問方子言，但想想又忍住了，因為怕引起他懷疑。自己已經不是糊里糊塗的小嬰兒了，沒可能不知道這些的。

小嵐圓圓的大眼睛眨了幾眨，想起早上方子言説掙到錢就給她買張軟牀墊，便問：「你是在上學，還是已經工作？」

「我早就沒上學了。」方子言説，「我本來在歌廳工作，昨天剛被老闆解僱了。」

小嵐盯着他眼睛，問道：「為什麼？」

方子言支支吾吾地説：「因為……因為我跟人打架。」

「打架？！」小嵐驚訝地看着方子言。這麼大個人，還跟人打架？！

唉，好累！一場穿越，看來麻煩大了。自己不能養活自己，又遇上個沒長大的哥哥，今後日子難過了。方爸爸方媽媽，你們在哪裏？你們怎麼就放心把七歲的女兒，扔給這個靠不住的兒子呢？

方子言見小嵐定定地看着他，臉紅了，他撓了撓頭，説：「我已經投了應徵信，等會就去見工。工作會有的，妹妹別擔心。」

牆上的掛鐘已指向十點十分，小嵐的肚子咕咕響了兩下，她嘟着小嘴説：「我餓了！」

　　「哦，哦，我馬上給你煮吃的。」方子言想起早餐還沒吃，對妹妹抱歉地笑了笑，急忙跑過去拉開了冰箱門。

　　除了幾瓶飲品，冰箱裏什麼也沒有。方子言尷尬地朝小嵐笑了笑，指指廚房：「我去裏面找找。」

　　聽到廚房裏傳出翻東西的聲音，過了一會兒方子言興高采烈地跑出來，他朝小嵐揚了揚手裏一包東西，説：「我們吃方便麵。牛肉味的，很好吃哦！」

　　這哥哥還是很能幹的，燒水，煮麵，十分鐘就把一碗香噴噴的方便麵捧了出來，放到餐桌上。他把小嵐抱起，放到餐桌前面的一張椅子上。

　　椅子太矮，小嵐夠不着，方子言又拿來一個坐墊，給小嵐墊高一些。

　　小嵐肚子早餓了，她拿起筷子，很快夾了箸麵放進嘴裏。

　　哇，好香啊！小嵐又再夾了一箸麵放進嘴裏。

　　聽到傳來口水聲，才發現方子言坐在對面眼巴巴地瞧着她，小嵐問：「你怎麼不吃？」

　　「家裏只有一包麵。」方子言嚥了嚥口水，説，

「我昨天吃多了，現在還不餓。」

騙人，還以為我真是七歲小孩呀！小嵐哼了哼，她埋頭把麵吃了一半，把剩下的推到方子言跟前，説：「飽了，不吃了。」

「再吃一點，乖！」方子言又把碗推回小嵐面前。

小嵐把脖子一擰：「不！」

方子言見她堅決的樣子，便把碗拿回去，呼呼呼，幾口就把麵吃完了。其實他根本就是餓了。

把碗涮了，方子言回到客廳，抬頭看了看鐘，臉上露出糾結的樣子，撓了撓頭才對小嵐説：「我要去見工，不好帶着個小孩。你⋯⋯你可以一個人留在家嗎？」

「當然可以。我是大孩子了！」小嵐一口答應。以自己的實際年齡，早就可以獨留在家了。

她早就看到客廳的電視櫃上放着一部平板電腦，正想找機會上網了解一下這個大可國的有關情況。等方子言出了門，她就可以想看什麽就看什麽了。

「好，那我走啦！」方子言撓撓頭，又叮囑説，「有人來叫門，千萬不要開。」

「知道啦，快去吧！」小嵐蹦下地，把方子言推

向門口。

方子言拉開門，又回頭叮囑了一句：「哥哥回來給你帶好吃的。」

「嗯，哥哥再見！」也許是方子言那種關心令小嵐感動，她第一次喊了一聲哥哥。

方子言感受到了，他愣了愣，眼睛蒙上了一層霧氣，他趕緊關上了大門。

大門剛關上，小嵐就立即把平板電腦拿到手，然後盤起腿坐在沙發上，開機、登入互聯網，在搜尋欄裏打上了「大可國」三個字。

原來這大可國處於另一個宇宙裏的天耀星球，這個星球有一百二十多個國家。天耀星球的歷史跟小嵐所在的地球很相似，也是形成於四十多億年前。大可國是天耀星球裏一個歷史悠久的國家，歷經多個由皇帝統治的朝代，一百多年前由一名農民領袖起義推翻皇帝的江山，建立大可國。現在的大可國是由國會、內閣、法院行使相應權力，國家主權屬於國民。

大可國經濟發達，但也跟地球上許多國家一樣，貧富懸殊很嚴重。小嵐還發現一個現象，這個國家娛樂事業發達，影星歌星等娛樂明星地位很高，受全民熱捧。例如一名歌星的獲獎新聞，會在互聯網的熱搜

榜第一位上停留許多天，熱度經久不息。而一位科學家有重大研究成果的發布，卻只能在榜尾出現一下，但馬上就沒了蹤影。

小嵐隨手登入一個音樂網站，試聽了一下幾首熱門歌曲，卻覺得並不怎麼樣，比地球上那些歌差遠了。

小嵐繼續上網，了解這個國家的風土民情。既然要在這裏生活，多了解一些有好處。時間在不知不覺中過去了。也許是昨天晚上沒睡好，小嵐看着看着，身子一歪，就倒在沙發上睡着了。

門鎖一響，方子言開門進了屋。他一眼看見了躺在沙發上的小嵐，馬上放輕了腳步。他把手裏提着的一袋東西放在桌子上，然後輕輕坐到了小嵐身邊。

他低頭凝視了小嵐一會兒，突然用雙手捂住了臉，淚水透過手指縫流了出來。

「依依，對不起，真對不起！哥哥沒找到工作。我不應該那麼衝動的，不應該聽了幾句冷言冷語就打人，令到之前那份工作沒了。哥哥一個人捱餓不要緊，流落街頭也不要緊，但你怎麼辦呢？」少年喉嚨裏發出了一陣壓抑的嗚咽。

方子言一進門，小嵐就醒了，只是沒睜開眼睛。

方子言的話令小嵐為之動容，原來這個哥哥不是她想像中的那麼不懂事，他是想負起哥哥的責任的，他是真心愛自己妹妹的。

方子言哽咽着繼續說：「爸爸媽媽去世了，那時我才十三歲，你才三歲呀！幸好叔叔把你接去撫養，但我就只能自己靠自己了，初中也沒讀完就去社會闖蕩，去打拚。依依，哥哥愛你，你是我活在這個世界上的唯一理由。但是，兩年前發生的那件事，把我打入十八層地獄，我本來就活得很艱難，我不知道怎樣給你安定的生活……」

方子言悲傷的訴說，就像一個錘子，一下一下敲在她的心上，讓小嵐的心都碎成七八瓣了。方子言兄妹倆原來是孤兒！

兩年前究竟發生了什麼事？兩年前方子言才十五歲吧？看來這個哥哥身上還有很多秘密是她不知道的。

「鈴……」一陣電話鈴聲響起，打斷了方子言的訴說。

方子言擦擦眼睛，從口袋掏出手機，壓低聲音說：「喂，哪位？」

「我是張大明。」電話那頭的人說話很大聲，小

嵐也聽到了。

「張先生？找我有什麼事？」方子言的聲音冷冷的，「是通知我合約快到期了，公司準備把我放生了嗎？」

小嵐豎起耳朵聽着。合約？哥哥不是說剛沒了工作嗎？難道他還有其他工作合約？

電話裏傳來聲音：「方子言，剛替你接了一個通告，是金星電視台的一個綜藝節目。」

接通告，上節目？啊，難道方子言是個藝員！但不對啊，這個國家藝員地位很高，方子言不至於生活得這麼艱難啊！而且，他不是說前天剛沒了工作嗎？小嵐越想越疑惑。

方子言哼了哼，說：「公司兩年都沒給我安排工作，怎麼突然想起我來了。」

「還有幾天才約滿，公司想好聚好散吧！而且金星那邊挺有誠意的，兩萬塊錢，節目完了馬上給現金。就是急了點，下午的通告。據說是因為有個嘉賓飛機晚點趕不及到來，臨時找你頂上的。」

方子言問：「什麼節目？」

對方說了一句什麼，他說得有點快，小嵐聽不清，好像是什麼「星期六」，好怪的名字。

方子言沉默了一下，好像在猶豫，但很快就答應了：「好。我接了。」

　　對方説：「那下午四點，你自己去金星電視台找節目組報到。」

　　聽完這個電話，小嵐心裏對方子言多了如下信息：是一個藝人，但被雪藏兩年了。是因為方子言口中的「兩年前那件事」嗎？她想，要不要找個合適的機會問問方子言？

　　方子言收線後，見小嵐還是閉着眼睛在睡，便走進房間換了家常衣服，做飯去了。

　　隨着沙沙沙、哐哐哐的聲音，從廚房飄出了米飯和菜肉的香味。才半個多小時，方子言就做出了兩菜一湯，叫小嵐起牀吃飯。

　　方子言的廚藝還可以。一邊吃，方子言一邊對小嵐説：「依依，哥哥接到工作了，是去金星電視台參加一個綜藝節目。演出費是兩萬塊錢，拿到錢後，我們就可以去租房子了。」

　　方子言看上去有點憂鬱，完全沒有接到了工作會有的開心。看來他並不喜歡上那個節目。

　　小嵐停止了咀嚼，趁機問道：「哥哥，原來你是個藝員。」

方子言好像不想提這些事，沉默了一下才說：「我本來是青城電視台的簽約歌手，不過公司沒安排工作很久了。」

　　「為什麼不給安排工作呢？」小嵐問。

　　「我……」方子言看着小嵐那雙清澈無邪、沒有一絲雜質的眼睛，他實在不想給妹妹添煩惱，「小孩子家知道那麼多幹嘛！趕快吃飯，吃完飯哥哥還要去剪頭髮。」

　　小嵐擔心地看了看方子言，心裏的疑團更大了。兩年前究竟發生了什麼，讓他連提都不想提起。而且，還讓簽約的電視台給冷藏了。

第三章

綜藝星期六

　　吃完飯，方子言匆匆收拾好東西便開始張羅出門的事。這回他沒打算把小嵐留在家裏，他打開一個小旅行箱，從裏面拿出一件白底藍花的連衣裙，遞給小嵐：「把這裙子換了。」

　　「哦！」小嵐接過衣服，走進房間換衣服。

　　這房子就一廳一房，看來昨晚方子言是睡在客廳沙發上的。

　　小嵐換上裙子，裙子造型簡簡單單，看上去也不怎麼名貴，但穿在天生自帶貴氣的小嵐身上，硬是穿出了一種名牌的感覺。小嵐走出房間時，把方子言都看呆了。我妹妹真漂亮！

　　方子言穿的還是上午去應聘時那套衣服，簡簡單單，白襯衣、水磨藍牛仔褲。不過他身材很好，修長而不顯得粗獷，加上一雙大長腿，給人帥帥的感覺。

　　兩人出門了。先去了髮型屋，隨着髮型師的剪刀

咔嚓咔嚓地弄了一陣子，一個大帥哥的模樣也出來了——光潔白皙的臉龐，一雙劍眉下是細長的桃花眼，高挺的鼻梁，薄薄的嘴唇。小嵐歪着頭看着哥哥，真有點刮目相看，還挺有明星相呢！

「哥哥真帥！」小嵐笑瞇瞇地說。

方子言摸着腦袋，嘿嘿地笑着。哈，還會害羞呢！

臨出門，方子言從衣櫃裏拿了一頂鴨舌帽，扣在自己頭上。

金星電視台離他們住的地方不遠，兩人坐了兩個站的巴士，下車就是目的地。

方子言在接待處報了名字，拿到了一個出入證，便拉着小嵐的手走進了電視台。

方子言應該是以前來過，熟門熟路的，很快來到一個房間門口，小嵐看到門口豎着一個牌子，上面寫着「綜藝星期六」五個字。

之前小嵐上網的時候，看過這個節目的有關資料。這節目曾經在大可國紅過一段時期，但近來開始走下坡了。聽說，電視台有意結束這節目，而該節目組正在盡力挽回頹勢。

一個四十來歲的中年人從裏面走了出來，他看見

方子言，臉上堆起了笑容：「方子言，你來了。快進來快進來！我是製作總監梁道。」

方子言朝他點了點頭：「梁老師，你好！」

「咦，這小孩是……」梁道驚訝地看着小嵐。

「她是我妹妹。」方子言驕傲地介紹着。

梁道笑道：「好漂亮的小姑娘。」

「謝謝！」方子言由衷地說，在他心目中自己妹妹的確是世界上最美的。

小嵐撅撅嘴，不知怎的，她總覺得這個梁道笑得有點假。

梁道把方子言和小嵐引到靠邊的一張雙人沙發，讓他們坐下。又給他們倒了茶。

「其他嘉賓都來了，全在化妝室化妝。」梁道指指一個關着門的小房間，又說，「你在這裏稍坐一會兒，有化妝師空出來我就來叫你。」

梁道說完就往化妝室走去了。

過了一會兒，梁道出來了，對方子言說：「方子言，你可以進去化妝了。」

「好，謝謝！」方子言站了起來，看看小嵐。

梁道說：「化妝室裏人多擠迫，小女孩就留在這裏吧！不要緊的，這裏很安全。」

小嵐朝方子言點點頭：「哥哥，沒關係，你去吧！我在這等你。」

方子言跟着梁道離開後，小嵐見到沙發上有幾本漫畫書，便拿起來翻着打發時間。這時聽到有兩個人說着話，從化妝室出來了。

「喂，你看見沒有，剛才進去那個誰誰！」

「當然看見了，化了灰我都認得他。沒想到他會來，想翻身想瘋了吧，還敢拋頭露臉上節目。不怕丟人！」

「哼，我覺得他可能連起碼的羞恥感都沒了。臉都不要了，還怕什麼！」

「可能是為了錢吧，聽說他早兩天又沒了工作，快要睡街邊了。」

小嵐抬起頭，皺着眉頭看了看說話的兩個人，應該都是準備上節目的。話說得太過分了吧！方子言究竟幹了什麼傷天害理的事，讓你們這樣詆毀他？

接着又出來了一個男的，跟之前那兩個人湊在一起，談話內容同樣是方子言。

「你們準備好了沒有，剛才梁總監說了，這期節目是他們特地把我們三個有名的『毒舌』請來的。他說為了節目效果，千萬不要給方子言留面子。哈哈，

這回我可是有仇報仇，有恨雪恨了。」剛出來的那個人的説話聲音有點嘶啞。

「方子言跟你有仇？」一個人問。

「沒錯！想當初，我跟他一起簽約進電視台，他備受重用，我卻一直坐冷板凳。還有，練歌時他竟然説我是鵝公喉，説我唱歌難聽。哼哼，幸虧惡有惡報，他倒大霉了。」

「哈哈哈，你不説我還真沒發覺，你的聲音真的有點像鵝叫啊！」另一個人哈哈大笑。

「喂，你究竟是哪國的？！今天我們都要站在同一陣線，對付方子言的。你別到時掉轉槍頭對着我啊！」鵝公喉瞪着眼説。

「不會不會，放心好了！一上台我就把火力對準方子言，『噠噠噠』地掃射。」

「咦，不是説還請了林靜上節目嗎？怎麼還不見人？」

「她早來了，我剛才還見到她。她在另一個攝製組錄節目呢。哎，她來了！噢，民哥也來了。」

小嵐早聽呆了，節目組分明是挖了個大坑，等着方子言跳下去啊！

她想起了方子言接電話時曾經的猶豫。她突然醒

悟到，方子言可能猜到自己將要面對什麼，他本來是不想上這個節目的，他之所以答應，只是為了拿上節目的錢去租房子，讓妹妹有個棲身的地方。小嵐突然覺得好難受。

雖然方子言可能做錯過什麼事，但不等於可以讓他在節目現場當眾受辱啊！不能讓哥哥上節目，小嵐騰地站了起來，往化妝室走去。

這時梁道和一男一女走進來，男的四五十歲、樣子有點油滑，女的看上去二十不到，應該是剛剛被人提到的林靜。剛才聚在一起說話的話那三個人紛紛朝那中年人喊道：「民哥！」

「各位好！準備上場了。大家有沒有背熟台本？等會兒我主持的時候，大家要配合好哦！」被叫做作民哥的人，朝那三個男的擠了擠眼睛。

那幾個人心領神會，七嘴八舌地說：「放心，一定配合。」

小嵐走到化妝室門口，剛好方子言化好妝出來了。小嵐一把抓住他的衣服下襬：「哥哥，咱們走，咱們不上節目了。」

方子言愣住了，他看着小嵐，哄她道：「依依，乖。等會拿了通告費，我們就去租房子。租有兩個房

間的，咱們每人住一間。」

小嵐固執地說：「不，我不要你去，我寧願跟你露宿街頭。」

方子言正想再說什麼，梁道走過來，一把拉住他說：「該上場了，快走！」

「依依乖，在這裏等我。」方子言撙開了小嵐的手，跟着梁道，往舞台通道去了。

「哥哥！」小嵐追了去。

但她人小腿短走不快，快追上時又被一名職員拉住了：「嘿嘿嘿，小朋友，這是出台通道，你不能進的。」

小嵐掙扎了一下，但掙不過那隻大手，只好快快地站在那裏。哥哥已經上台了，即使自己追上去也不能當眾把他拉回來。唯有希望他不會受到太多刁難吧！

小嵐正坐立不安的時候，有個工作人員跑進來，對守在通道口的那人說：「經理找你，快去！」

那人趕緊把通道門關上，匆匆走了。

第四章

惡意的捉弄

　　小嵐見到把守通道口的那人離開，心想機會來了！她走了過去，試着把通道門一推，咦，竟然推開了。

　　悄悄地走進通道，走了一小段路，就可以清楚看到舞台了。通道裏光線昏暗，正好隱藏了小嵐的影跡。

　　一排五名嘉賓面向觀眾坐着，在他們的側面，有一張小講台，講台上放着一台電話機，講台後面站着的，就是那個叫「民哥」的男主持人。

　　小嵐一眼發現了方子言，他就坐在最靠邊的一張椅子上。他把鴨舌帽壓得低低的，遮了自己半邊臉，他看上去有點緊張，不安地絞着手指。

　　小嵐紅了眼睛，心裏噗噗亂跳。她心裏祈求那些人別欺負方子言。

　　這時主持人開腔了：「各位現場的以及電視機前

的觀眾朋友，你們好！我是主持人李大民！」

「啊……」台下兩千多觀眾一齊歡呼。

李大民抬了抬手，歡呼聲馬上停了，李大民接着說：「首先，給大家介紹一下今天的五位節目嘉賓。先介紹女孩吧！林靜，新晉年輕女藝人，曾出演多部電視劇，最近還獲了年度最佳新人獎。大家鼓掌歡迎……」

在台下熱烈的掌聲中，嘉賓中唯一的那個女孩站了起來，朝觀眾鞠躬。

李大民接着逐個介紹：「陳文暉，長着一張帥臉的歌手小暉，有過歌曲銷量榜第十八名的成績；這是張國宇，影視藝員，曾在多部電視劇中出演重要角色；這是王文海，我們的萌萌小鮮肉，樂壇冉冉上升的一顆新星……」

隨着李大民的介紹，台下響起一陣陣熱烈的掌聲。

李大民接着介紹下去：「最後，我們介紹久沒露臉的歌手方子言……」

台下觀眾「哄」的一聲，就像扔了一個炸彈進去一樣。

「啊，真是方子言！兩年沒見，樣子變了很多

呢！」

　　人們有的在指指點點，有的在搖頭，有的像看小丑一樣看着方子言，臉上帶着鄙視。小嵐因為站的地方靠近觀眾席，隱隱約約的聽到有人在議論：「原來他就是兩年前醜聞纏身的方子言！他長大了，帽子又蓋了半邊臉，我竟然認不出來。」

　　小嵐心裏越來越不安，兩年前，方子言究竟做了些什麼？

　　李大民笑嘻嘻地問道：「好了，嘉賓介紹完了。我知道在座五位，有些好久沒上綜藝節目了，大家有什麼感想要說啊？接到通告時，會不會很驚喜呀？」

　　陳文暉裝模作樣地拍拍胸口，說：「啊，我想是驚嚇多於驚喜吧！」

　　陳文暉就是那個「鵝公喉」。

　　李大民裝出一副驚訝的樣子說：「啊，為什麼呢？」

　　陳文暉指指坐在最右邊的方子言說：「因為我看到了一個可怕的人，這個人跟我是同期進藝員訓練班的。他搶上位，搶資源，他還喜歡打人。相信大家都記得他因為打人被警察抓了，拘留了很多天。今天見到他，我好怕哦！我怕他死性不改，不高興就給我一

拳，把我這張可愛的臉打壞了怎麼辦？」

小嵐腦子轟的一聲，哥哥真是這樣的人嗎？哥哥提到過的兩年前那件事，就是他打人被抓嗎？她看着腦袋低垂的方子言，心裏百感交集，不知是該恨他還是同情他。

李大民拍拍陳文暉的肩膀，半開玩笑地説：「小暉，不怕不怕，我們台有高大威武的護衛呢！你不會被打的。」

這時王文海説：「當我接到通告時，覺得很沮喪，因為看到嘉賓名單裏有方子言的名字。我想是不是公司要放棄我了，竟然讓我跟方子言這樣的人同台演出。是不是準備要我退出娛樂圈了。」

張國宇接着説：「我接到通告時覺得很奇怪，兩年前那麼多人讓他滾出娛樂圈，他好像也銷聲匿跡好久了，怎麼今天又露面了呢？真好意思啊！」

李大民時不時插幾句，起着推波助瀾的作用，見三個男嘉賓都很合作地攻擊方子言，心裏樂開了花，心想這回收視率肯定會創新高。他見到林靜一直不出聲，便説：「林靜，你也來説説嘛！」

林靜是唯一一個沒事先安排攻擊方子言的嘉賓，不過李大民還是希望她也嘲諷方子言幾句。林靜一向

為人厚道，如果她能配合，效果更好。

林靜皺了皺眉頭，說：「對不起，我喉嚨疼，就不說了吧！」

李大民打着哈哈說：「林靜害羞呢！好好好，這個環節就不浪費太多時間了，因為我們下面還有很豐富的內容呢！好，現在開始遊戲環節，像往常一樣，輸了就要接受懲罰哦，不知你們做好準備沒有？」

「早準備好了！」

「即管放馬過來！」

「今天就林靜一個女孩。林靜你放心，我們一定會照顧你的。」

台上三個男嘉賓你一言我一語的，李大民這時把手往下一壓，說：「各位靜靜。那我們就開始下面環節了。請拉開布幕，登登登凳⋯⋯」

嘉賓背後的暗紅色帷幕緩緩打開了，露出五張圓凳子，每張凳子上方，都有一個沉甸甸的大氣球。

「請各位就坐！」李大民做了個邀請的手勢。

五名嘉賓起立，有工作人員上來收走了他們之前坐的椅子。

「啊，氣球裏面裝的是水吧？這氣球會不會自己爆開的？」林靜看着大氣球，有點擔心。

李大民説：「放心好了。除非我們工作人員有意讓它炸開，否則它不會自行爆掉的。」

林靜這才小心翼翼地坐到氣球下，不時還提心吊膽地抬頭盯一眼。

另外那陳文暉、王文海、張國宇，倒是毫不猶豫地坐上去了，好像覺得自己一定不會輸似的。

方子言無表情的走過去，坐到椅子上。

李大民見大家都坐好了，便說：「我們今天的遊戲環節有個新玩法，不會像以往那樣，要嘉賓回答問題，答不上就算輸。今天這環節叫『最討厭的人』，做法是隨機抽取娛樂圈藝員名字，抽到就打電話作即場採訪，問他們最討厭的圈中人是誰。如果對方説出的人是在場嘉賓中的某個人，這個人就算輸，就要接受懲罰⋯⋯」

「噢，我向來人緣很好的，我一定不會被罰！」

「我也不錯啊，看來我也一定能逃過大難。只是有的人就難説了。」

幾個男嘉賓又七嘴八舌搶着説話。説話時還句句帶刺，分明是有所指。方子言仍低頭不發一言。

小嵐聽到李大民的遊戲規則，心裏很明白，這絕對是針對方子言的。

李大民宣布打電話環節開始。雖然那幾個嘉賓口口聲聲説自己一定不會受罰，但看他們不時偷偷瞄一眼氣球，就知道他們心裏也挺沒底的。

反而方子言，從頭至尾一副漠不關心的樣子，低着頭默默地想着什麼。

「好，下面開始選人了。」李大民用手按了按手裏一個遙控器。

舞台正面的大屏幕上長長的一列人名在迅速往上退走，李大民突然一按遙控器，屏幕上留下一個名字——楊陽。

李大民大聲宣布：「第一個接受我們電話採訪的是歌手楊陽。楊陽大家知道是誰吧？」李大民説。

「楊楊楊楊，我們心中的小白楊！陽陽陽陽，我們心中的小太陽！楊陽我們永遠支持你！」一班歌迷興奮地喊着，還十分整齊呢，顯然是預先排練好的。

李大民用指頭虛點觀眾：「我就知道你們會激動。」

李大民把手伸向講台上的電話，在上面按了楊陽的號碼。

「鈴——」電鈴接通了。

「噓……」李大民把食指擱在嘴邊，提醒粉絲們

安靜。

「喂！」電話那頭有人說話了。

「楊陽嗎？我們這裏是《綜藝星期六》，我是主持人李大民。」

「民哥您好！」

「楊陽，今期的《綜藝星期六》增添了一個打電話採訪環節。」

「哇，民哥的節目就是厲害，花樣層出不窮。想問什麼，保證暢所欲言。」

「怪不得人說楊陽是娛樂圈的乖寶寶，該你這麼紅的。」

「謝謝民哥！我一向都很乖的，即使紅了也不會為所欲為，那樣是會倒霉的哦。」

「哈哈，說得對說得對，這是無數事實證明過的。好，閒話少說，楊陽，其實今天的採訪很簡單，只問你一個問題，在我們娛樂圈裏，誰是你最討厭的人？」

小嵐的心撲通撲通地跳了起來，她害怕聽到那個名字。

她看向方子言，發現他一臉木然地坐着，只是兩隻擱在腿上十指緊扣的手出賣了他，那雙手用力得青

筋盡露。

「最討厭的人？那還用說嗎？肯定是那個誰誰，那個方子言了！咦，這節目不是直播的吧？這段刪掉，刪掉，我怕方子言看到了打死我。」

李大民故作得意地說：「晚了，雖然這節目不是直播，但現在方子言正在節目現場呢！他已經聽到了。」

「啊，死了死了，我得馬上請保鏢天天跟着我……」這楊陽不愧是個藝員，好會演，其實他早已知道方子言就在現場了吧。隨機抽取藝員名字是假的，節目組想操控抽取結果，指定受訪藝員，有的是辦法。

「好，那就不耽誤你時間了，快去請保鏢吧！再見！」李大民打着哈哈，收了線，「呵呵呵，很不幸，第一個電話就有嘉賓中招，方子言接受懲罰！」

李大民話音未落，工作人員就拉了引爆水球的裝置，「砰」的一聲，氣球爆了，裏面的水一下子全澆在方子言的頭上。

台上台下，發出嘩嘩的叫聲，還有女孩子的尖叫聲。畢竟人都是善良的，見到方子言被水澆得頭髮、衣服都濕透了，都驚叫起來。

林靜好像受到的驚嚇特別大，水球爆炸的時候，她竟砰地一下站了起來，她臉色蒼白的看着狼狽的方子言，眼裏神情複雜。

　　「方子言，實在遺憾啊！遊戲規則是這樣。下一個電話應該不是你受罰了，哪有那麼多人討厭你啊，你說是不是？」李大民裝模作樣一番，又說，「林靜膽子好小啊，快坐下。下面打第二個電話。」

　　李大民把之前的動作又再重複了一遍，選中的名字是朱美麗。

　　台上幾個男嘉賓互相瞅瞅，心想好戲又來了。朱美麗是太陽組合的組員之一，而太陽組合正是方子言曾做過主音歌手的歌唱組合。

　　朱美麗曾是方子言的拍擋，不明真相的觀眾還以為真是那麼巧選到她了，大家都豎起耳朵想聽聽她會說什麼。

　　「鈴——」鈴聲響了，有人接電話了。

　　「喂……」一把嬌滴滴的女聲。

　　「是美麗嗎？我是《綜藝星期六》的李大民。」

　　「大民哥你好！找我什麼事啊？」

　　「我在錄節目……」

　　「啊，天哪天哪！是大整蠱節目嗎？你們不是要

捉弄我吧！」朱美麗開始演了。

「不是啦！我哪敢捉弄大美女呀！我只是要你在電話裏回答我一個問題。」

「哦，什麼問題？難答嗎？」

「一點不難答。你只須回答我：你最討厭的人是誰？」

「啊，我最討厭的人嗎？讓我想一下下……」又開始演了，「噢，想到了，不過我不敢講哦，他很兇的哦。」

「不怕不怕，有我大民哥保護你。」

「好，那我說啦，要保障我人生安全哦！我最討厭的人是……」

現場觀眾都豎起耳朵，靜等她說出名字。而那三個男嘉賓就做出一副害怕樣子，拚命搖手，好像電話那頭的朱美麗能看到似的。那個名叫林靜的女孩，低着頭，臉色十分難看。

「我最討厭的人是……」朱美麗又賣了一卜關子。

現場炸了，人們嚷嚷着：「快說快說！」

朱美麗大聲喊道：「方、子、言！」

啊，又是他！現場觀眾哄然。他們雖然很不喜歡

這個人，但也覺得有點過分了。

嘉賓中三個男的，之前說東道西，挺囂張的，但這時卻沉默着看向一身狼狽的方子言，好像也覺得有點過了。而那唯一的女嘉賓林靜，一把捂住臉，不忍再看。

李大民收了線，看着方子言說：「方子言，你今天怎麼了，竟然又中頭彩。」

方子言冷冷地看他一眼，沒說話。

這時，新換的那個水球又猝不及防地「砰」一聲爆了，「嘩」的一聲，水又倒了方子言一頭一臉一身。為提防水流進眼睛，他死死地閉着。要不是為了妹妹有個遮風擋雨的家，他一定不會來受這些屈辱的。他已經作好了心理準備，只要節目不結束，後面一定還有第三個水球、第四個水球在他頭上爆開。

突然，他感到有柔軟的東西在輕輕地揩着他臉上的水，他睜開又酸又澀的眼睛，看見了站在面前的妹妹，她不知什麼時候走到了他面前，正拿着一張紙巾，輕輕地給他擦着，擦着。

自節目開始後，小嵐一直站在舞台通道上，看着舞台上發生的一切，節目組的做法令她氣憤。為了節目效果，吸引觀眾，現在很多綜藝節目都有類似遊

戲，不過，那是建立在嘉賓自願的基礎上，又在嘉賓能接受的範圍裏的。但這期《綜藝星期六》，卻用了過激的方法，不擇手段去利用方子言，先是指使人揭他兩年前的私隱，繼而設置懲罰遊戲讓他狼狽不堪，刺激觀眾感官、引發公眾話題，試圖用這樣的手段，來挽救他們節目收視率下跌的局面。

小嵐越看越憤怒。不管方子言做過什麼，都不能這樣對待他，這樣做太卑鄙了。所以，當方子言又一次被水澆的時候，她實在忍不住了，「砰砰砰」跑上了舞台。

台上的主持人和嘉賓，還有台下的觀眾，都愣愣地看着那個突然出現的小女孩，全場鴉雀無聲。

小嵐認真地給哥哥擦乾淨臉上的水，又握着哥哥冰冷的手，說：「哥哥，咱不要他們的錢，咱們走。」

方子言靜靜地看着小嵐，從她的眼睛裏，從她的手心裏，都感受到濃濃的暖意，他笑了，他點了點頭：「好，哥哥聽你的。」

方子言站起來，拉着妹妹的手，頭也不回地離開了舞台，離開了電視台。

第五章

哥哥不哭

「哥哥，你還有哪些事是我不知道的？今天那些人講的，關於你的事，是真的嗎？」回到家後，小嵐就向方子言發問，她小臉上全是嚴肅。

「妹妹，哥哥把什麼都告訴你。」方子言用沉重的聲音慢慢地說了起來，「爸爸媽媽去世後，叔叔把你帶去了國外，我留在了國內讀書，靠着政府補貼的助學金和叔叔每月寄給我的微薄的生活費，艱難地生活着。不久我放棄學業，考入了電視台的藝員訓練班。我希望能一舉成名，掙到錢養活你和我自己。一開始很順利，我遇上了一個很好的藝員部經理，李叔。半年的練習生生活後，李叔安排我跟另外五個男女藝員，組成了太陽花天團，讓我擔任主唱。我們刻苦排練，學舞、練歌，一邊大造聲勢，準備兩個月後出道。所有人都很看好太陽花天團，看好我，太陽花天團還沒正式出道就有了自己的歌迷，有了一個近

萬人的歌迷會。而我也滿懷信心，覺得前景一片光明。」

小嵐追問：「那後來呢？為什麼那些人說你打人，差點要坐牢？後來發生了什麼事？」

方子言吐出了一口氣，繼續說：「有一天，我在電視台吃完晚飯，打算去琴房練琴，沒想到見到有人想非禮一個小女練習生，小練習生反抗，那人竟狠狠打了她一巴掌，把她的嘴都打出血來了。那個人我見過，他是一個富二代，名叫萬家富，平時最喜歡來電視台纏女明星。我立刻上前制止，一把抓住了他高舉的手。萬家富見我阻撓，惱羞成怒，對我又打又抓，把我臉上都抓出了血，我出於自衛跟他打起來了，他沒我力氣大，跌倒在地，鼻子也流血了。那傢伙打電話找他父親，說我把他打成腦震盪了。他父親不分青紅皂白打電話報警，把我抓到警察局。萬家富故意誇大傷情，又給警局假口供，反咬一口說我非禮小練習生，他見義勇為被我打傷。本來如果小練習生能站出來說出真相，我就完全沒事的，但沒想到，那小練習生不知為什麼說了謊，給出了跟萬家富一樣的口供。於是警察局把我正式拘留，準備起訴。萬家富的父親到底心虛，怕把我逼急了會拚命找證據證明自己清

白，那反而對他兒子不妙。於是便假惺惺地表示，看在我還沒成年，年少不懂事，不打算告我了，只是要電視台把我開除出太陽花天團，雪藏起來不給工作，直到合約完結。那時我有冤沒處訴，誰也不相信我是無辜的。我成了狂妄無知、目中無人、欺男霸女的壞人。我孤立無援，因為跟電視台的合約未完不能去工作，只能到處去做臨時工，這裏做幾天，那裏做幾天，收入僅能應付日常開支……早前有家歌廳的駐唱歌手生病住院，本來請了我去頂替一個月，但剛做了幾天，又因為台上唱歌的時候，有客人拿我兩年前的事來進行冷嘲熱諷，我一氣之下打了他，所以工作又沒了。當時我不知道你會回來，不然我決不會那麼衝動的……」

「哥哥……」聽方子言說了事情的來龍去脈，小嵐心裏無限同情。她把哥哥的手握住，希望給哥哥一點溫暖，希望哥哥知道還有個妹妹在關心他。

「哥哥，別怕！即使全世界都拋棄你，還有我呢！」小嵐朝哥哥揑了揑小拳頭。

方子言定睛看着小嵐，他只覺得喉嚨有點堵，眼睛發酸。自從爸爸媽媽去世之後，多少年了，他都是一個人在奮鬥，一個人在拚搏，除了跟着李叔那段短

暫的時間，他都忘了有人關心有人護着的感受是怎樣的了。

沒想到，今天，他卻從自己那看上去弱弱的、小小的妹妹那裏得到了。

「依依！」方子言一把摟住小嵐，忍不住痛哭失聲。爸爸媽媽去世的時候，他都沒這麼哭過。

他哭自己早死的父母，哭自己那艱辛的兩年，哭自己可憐的、早熟的妹妹，要不是父母早死，要不是自己那麼不堪，妹妹應該還跟大多數同齡小女孩一樣，天真爛漫地玩着芭比娃娃，依在爸媽身邊撒嬌，怎會變成這樣的小大人，竟然要做哥哥的依靠。

「不哭，不哭，哥哥不哭……」小嵐拍着方子言的背。

方子言哪裏會想到，眼前的妹妹，小小的軀殼裏有着一個多麼強大的智慧型大腦。小嵐決心幫助這個異世界的哥哥重新崛起，堂堂正正地站到所有人面前。她相信自己一定可以做到。

天下事難不倒的馬小嵐嘛！即使是在另一個世界，另一個天下，這句話仍然生效！

許久，方子言才從無盡的激動和內疚中回過神來，他握着小嵐的手，眼神堅定地說：「妹妹，謝謝

你！」

小嵐嘴角一翹，回握哥哥的手，笑着說：「咱們一起努力，加油！」

小嵐說完，「砰砰砰」跑去把電腦拿來，放在桌子上。

「哥哥，既然當年李叔那麼看好你，讓你負責主唱，相信你唱歌一定不錯。你現在缺的是一個舞台，一個真正能展示你才華的舞台。」小嵐邊說邊登入互聯網，「這個舞台，我給你找到了。」

小嵐打開了一個網頁：「看，《蒙面歌手》，白樺電視台最近推出的歌唱比賽節目。」

「《蒙面歌手》？」方子言愣了愣。

因為跟電視台合約未完，他無權報名參加任何比賽，而電視台也不會替他報名，所以這兩年他都沒有去關注這類型的比賽。

不過，按這《蒙面歌手》的開始時間，之前的合約應已經到期了。

小嵐繼續說着。她告訴方子言，《蒙面歌手》，是今年白樺電視台推出的一套重磅節目，任何一位市民都可以參加。這個節目跟別的選秀節目最大的不同是參賽者全部蒙臉，這就杜絕了參與投票的人以貌取

人，以身分取人；這就可以讓長得不好但歌唱得好的參賽者，或者沒有一點名氣的民間歌手，都得到公平對待。

「要準備多少首歌？」方子言有點猶豫地問。

大可國很尊重原創，版權意識很強，使用別人的創作成果全都要付費。這就是説，參加歌唱比賽時，如果唱的是別人寫的歌，每唱一次都要付給對方費用，而且價錢不低。

參加一次比賽，如果有機會一路過關斬將直到決賽，那要唱很多首歌呢！那得準備多少錢才夠啊！

「那我們唱原創歌曲好了。」小嵐滿不在乎地説。

「我……我不會寫歌。」方子言有點不好意思地説，他覺得辜負了妹妹的一片心意。

「沒關係。」小嵐神秘地笑了笑，説，「我給你。」

小嵐一點壓力都沒有啊！在她那個時空裏，那麼多好聽的歌，搬來給哥哥唱就是了。

方子言大吃一驚：「你……你會寫歌？」

小嵐搖搖頭説：「這點等會再揭曉。我先唱一首給你聽，你看看怎麼樣。」

小嵐一本正經地站在客廳中間，雙手放在背後，開始唱了：

「有時候我覺得自己像一隻小小鳥，想要飛，卻怎麼樣也飛不高……」

小嵐一開腔，方子言就被吸引住了。這歌，好好聽啊！

「怎麼樣？」小嵐唱完以後，見到方子言仍在發呆，便用手在他眼前搖搖，「喂，哥哥，醒醒！」

方子言這才清醒過來：「好，寫得太好了。歌詞好，曲子好聽，依依，這歌究竟是誰寫的？」

小嵐總不能說，是另一個世界的人寫的。她想了想，就編了個故事：「是這樣的，我之前不是住在外國叔叔家嗎？叔叔把家裏的小閣樓出租了，住了一個喜歡旅行的伯伯。伯伯很喜歡自娛自樂，每當有空便在房間裏彈着吉他，唱一些我從沒聽過的歌。每當伯伯唱歌時，我都會跑去聽，後來還和伯伯做了好朋友。伯伯說他唱的歌都是去每個地方旅行時，有所感受寫的，不會發表，不會公開唱。剛才我唱的，就是伯伯唱的歌裏面的一首。」

方子言說：「這歌我的確沒聽過，這老先生說的話是真的，他寫歌只是用來自娛自樂。但是……這歌

畢竟是老先生寫的，我這樣不經過他同意，用他的歌去參賽，這樣不行。要不，你跟他聯繫，徵求一下他的意見。另外，我現在沒有那麼多錢，可不可以先欠着，等我以後有了錢再還給他。」

小嵐揮揮手，說：「我沒法找到他的。他是個旅行家，之前租了叔叔的房子只是住了一年，然後就走了，也沒說之後去哪裏，也沒給我留下聯絡方式。不過，他臨走時跟我說過，那些歌就算作他留給我的禮物，怎麼處理隨我。」

方子言感到不可思議：「啊，有這樣的事！」

「是的，就是這麼一個神仙般瀟灑的伯伯。他唱了很多歌呢，我都記在腦子裏，夠你參賽用的了。」小嵐得意地說。

「好，依依，你真是哥哥的小福星呢，我就報名參加《蒙面歌手》，就唱這神仙伯伯的歌。」方子言興奮地找來一把吉他，開始唱起來，「有時候我覺得自己像一隻小小鳥，想要飛，卻怎麼樣也飛不高……」

小嵐眼睛一亮，她太驚訝了。好厲害啊，自己剛剛只唱了一遍，方子言竟然一字不漏、一個音不差地唱了出來。而且，哥哥的聲音很好聽啊，有點像她

原來那個世界的林志炫，或者李健，簡直讓人沉醉其中。

「哥哥好棒，哥哥好棒！」小嵐忍不住拍起手來。

「啪啪啪啪！」咦，怎麼聽到門口有人鼓掌。

小嵐和方子言扭頭一看，都吃了一驚。大門半掩，一個漂亮女孩站在那裏，正一臉激動地鼓掌呢！

咦，這個人還是見過的，正是剛才一起參加節目的嘉賓，林靜。

第六章

錄音師劉彬

　　見到方子言兩兄妹都在看她，林靜有點不好意思，她說：「我是從電視台直接過來的，我想跟方子言說聲對不起。節目組的做法太卑劣了，我知道他們不對，但也沒能幫你。心裏實在內疚，就跑來道個歉……」

　　在剛才的節目中，唯一沒有對方子言進行惡意攻擊的，就是這位林靜。小嵐對她很有好感，便走過去，拉着林靜的手說：「姐姐，之前的事錯在節目組，與你無關，你不用內疚。請進來吧！」

　　林靜坐到沙發上，就急不及待地對方子言說：「剛才在門口，聽到了一首從沒聽到過的歌。歌好，你唱得也好。我建議你去參加一個節目，《蒙面歌手》，這節目很適合你。」

　　小嵐和方子言交換了一下眼神，心想，真是所見略同啊！

方子言為林靜的熱心所感動。他說：「謝謝你。其實剛才我們也在考慮參加《蒙面歌手》比賽。」

「噢，那太好了！」林靜很高興，但馬上又皺起眉頭，說，「不過，你們知不知道，明天上午，就是報名的最後期限。中午十二點前就會截止了。」

「啊，這樣啊！幸虧姐姐你提醒，不然我們就錯過了！」小嵐急忙起身，拉着方子言就要走，「那我們現在就去報名。」

「小妹妹，慢着！不是去報名那麼簡單。這檔節目因為要對歌手身分保密，所以不搞海選了。歌手事先唱一首歌，錄了音報名時交到電視台節目組，由專業人士組成評審團來進行評定，選出一百人參加初賽。方子言，你有沒有錄好的單曲？報名時，就要把錄好的單曲一同呈上呢！」

方子言撓撓頭：「我沒有啊！」

小嵐着急地說：「姐姐，能用手機錄嗎？我們現在馬上就錄。」

林靜搖搖頭說：「手機不行。別的參賽者都是去錄音棚錄的音，還有樂隊伴奏，錄好多遍，務求做到最好。你隨便用手機錄，又沒有伴奏，效果肯定不好，選上的機會太微了。」

小嵐急死了：「那怎麼辦呢？現在都傍晚了，錄音室都關門了吧！林姐姐，如果明天上午去錄音，來得及嗎？」

林靜歎了口氣：「那太冒險了。找到錄音室，找到樂隊，然後才進入錄音階段。有時不順利，花幾天時間都未必錄好一首歌。」

「啊，那怎麼辦？」小嵐很着急。方子言要打翻身仗，這個比賽是最好的機會，絕對不可以錯過。

因為這些年無數次的挫敗，使方子言一直對自己信心不足，聽到林靜的話本來已有點洩氣，但見到小嵐焦急的樣子，又覺得自己不能辜負她的期望，便說：「妹妹別急，我現在就打電話找錄音室，找遍全城，或者還有沒結束營業的呢！」

方子言拿出手機，開始查找本地的錄音室電話。

林靜突然「哎」了一聲，她一拍腦袋：「我怎麼就忘了呢，我有個表哥就是搞錄音室的呀！我馬上給他打電話。」

方子言和小嵐一聽，互相交換了一下驚喜的眼神，這簡直太幸運了，林靜的表哥，相信他一定肯幫忙。

「我馬上給表哥打電話！」林靜急忙拿出手機撥

號，馬上就通了，「喂，彬表哥，我是林靜。你在哪？」

由於林靜開了免提，所以清楚地聽到對方的說話聲音：「我在錄音室呢，表妹找我有事？」

「哈哈，太好了。我有個朋友，急着錄一首歌，明天報名參加《蒙面歌手》，你能幫忙嗎？」

「啊，你這個朋友怎麼這樣淡定，明天就截止報名了吧！我這段時間也給不少參賽的人錄了歌，但他們都是早在一個月前就開始錄製，沒有像你朋友這樣慢條斯理的。」

「噢，因為他是臨時決定參賽的，所以才這麼遲。要不我怎會求到你頭上呢！我的好表哥，幫幫忙，好不好？」

「好好好，看在你份上，就幫你朋友這一回吧！不過，樂隊已經走了，你朋友可以自彈自唱嗎？」

林靜轉頭看着方子言，方子言點點頭：「我可以彈吉他。」

「那就沒問題了。我這裏有吉他。」劉彬說。

「好，我們二十分鐘內到。」林靜興奮地說。

「解決了！」林靜關了手機，「咱們趕快走吧！我有車，送你們去。」

方子言不好意思地說：「真是太謝謝了，這得耽誤你多少時間啊！」

　　「沒事沒事，走！」林靜拉著小嵐的手走出大門。她拿出遙控，對著門口一部寶藍色的小轎車按了按，車門無聲地開了。

　　一路上，林靜把車子開得很快。突然，她想起了什麼：「方子言，我建議你把剛才唱的那首歌留作參賽時用，別浪費了。你等會可以唱另一首，參加海選的歌不一定要好聽，嗓子好才最重要。這首歌太好了，可以留在比賽中和強手競爭時用。」

　　方子言還沒回答，小嵐就搶著說：「沒問題，我再給哥哥一首新歌。」

　　林靜看看方子言，又看看小嵐，眼裏滿是驚訝。怎麼新歌成大白菜了，隨便就可以拿出來。

　　小嵐拿來一張紙，低著頭很快地寫寫寫，不一會兒，就把一張譜紙遞給方子言。

　　雖然方子言聽妹妹說過旅遊家伯伯的事，但也為妹妹像有個叮噹貓百寶袋那樣，隨便就拿出一首歌來感到驚訝，那林靜就覺得匪夷所思了。

　　「《仰望星空》？」方子言看了一下歌名，然後就看著譜唱起來了。

「這一天，我開始仰望星空，發現星並不遠夢並不遠，只要你踮起腳尖……」

曲子很好聽哦，詞也填得好！林靜聽着聽着，心裏更加驚奇了。這小妹妹哪來這麼多的原創歌，還都這麼好聽！她真想把車停下來，問個明白。

聰明的小嵐看到了林靜的驚疑，她笑着說：「林姐姐一定很奇怪，我哪來這麼多原創歌吧？」

「嗯嗯嗯！」林靜連忙點頭。

小嵐便把跟方子言說的那番話，跟林靜說了一遍。

「哇，真的跟小說裏寫的那樣，太神奇了！」林靜驚歎着。

劉彬的錄音室很快到了，林靜停好車後，領着方子言兄妹上了錄音室所在大廈的廿五樓，按了門鈴。門很快打開了，一顆頭髮亂糟糟的腦袋伸了出來。

「表妹，快進來。」原來這人就是林靜的表哥劉彬。

林靜挺不好意思地說：「表哥，謝謝你啊！這麼晚還麻煩你。」

「沒事，反正我是收錢的。當加班吧！」劉彬看了看林靜身後的兩個人，「錄音的是誰？大小孩？小

小孩？」

「咦！」他突然睜大了眼睛，一臉的訝異，「你？你不是……方子言嗎？是你……要參賽？」

方子言愣了愣，隨即有點不自然地說：「是我，方子言。是我來錄音，準備參賽，不行嗎？」

小嵐聽方子言話語不善，明白是劉彬剛才的話引起了他一些不好的回憶，生怕劉彬再說些不好聽的，忙上前一步，擋在方子言面前。她咧嘴一笑，露出兩隻小虎牙，兩隻眼睛彎彎的，就像兩個小月牙兒，她對劉彬說：「哥哥，我是方依依。謝謝你這麼晚還肯幫我哥哥錄音。」

劉彬眼前一亮，哇，好一個漂亮可愛又有氣質的小天使！他馬上把注意力轉到小嵐身上：「小朋友別客氣，小事一件，小事一件。」

「我不想弄太晚影響哥哥休息，咱們馬上開始錄歌好不好？」小嵐笑瞇瞇地說。

「好好好！小朋友真乖，真懂事。」劉彬咧開嘴笑着，「好，馬上開始。給我一份歌譜。」

方子言把手中的歌譜交給劉彬：「就一份，給你吧！我會唱了。」

「哥哥，加油！」小嵐朝方子言揑了揑拳頭說。

「嗯。」方子言摸摸小嵐的腦袋，然後拿着吉他走進了錄音棚裏。

他拉了張凳子，坐了下來。把吉他調了一下音，然後朝玻璃牆外的劉彬做了個OK的手勢，示意他可以開錄。

劉彬朝方子言回了一個OK的手勢，示意方子言可以開唱了。

錄音棚內的錄音提示燈由紅燈變為綠燈。

方子言閉上眼，翹着二郎腿，左手捏出和弦，右

手指尖化為撥片，熟練地撥動吉他琴弦，開始了《仰望星空》的演唱。

劉彬按下了外放鍵，讓外面的人可以聽到棚內的方子言唱歌。他自己就戴上了可以聽得更為精細的監聽耳機。

劉彬因為工作關係，幾乎每天都跟娛樂圈的人接觸，兩年來聽了無數有關方子言的流言蜚語，對這個名聲已經臭了的少年印象很差。今天只不過看在他的可愛又懂事的妹妹份上，看在自己表妹份上，幫他這個忙。但他對方子言能否錄好一首歌，能否憑這首歌入選《蒙面歌手》初賽，他一點不看好。一個品行不好，又離開歌壇多年的過氣歌手，能唱得多好，還別說是要唱原創歌曲呢！鬼才肯給這樣的人寫歌！不怕白糟塌了嗎？

小嵐揑着拳頭，望着棚內的方子言。説真的，她心裏有點緊張。雖然剛才已經聽過方子言唱歌，知道他嗓子的先天條件不錯，但現在正式錄音，心裏還是有點緊張。能不能在海選中入圍，就看今晚這首歌了。

林靜問劉彬要了一個監聽耳機戴上。她看着棚裏的方子言，心裏暗暗説，方子言，我能幫的就這麼多

了，你自己要努力啊！

方子言的吉他彈得不錯，一段簡單的前奏，就可以看到他的功力了。

劉彬瞇着的雙眼睜大了點，這前奏不錯。到方子言亮開嗓子唱起來時，他眼睛又再睜大了些，嗓子不錯，這傢伙可以啊！

聽着聽着，他眼睛越睜越大，越來越亮，這首歌好好聽！他激動了，這是他這個月來，替參賽者們錄歌，水準最高的一次，歌好，歌手唱得也好。

旁邊的小嵐和林靜也聽得醉了。專業的錄音棚，專業的效果，聽起來特別不同，特別棒。兩人都忍不住一齊給方子言豎起了大拇指。

棚裏的方子言受了鼓舞，唱得更認真了，一曲唱完，棚外三個人都情不自禁拍起手來。

「不錯不錯！」方子言從錄音棚出來，就聽到劉彬的稱讚。

因為喜歡音樂而開錄音工作室的劉彬，每次聽到好歌都會很激動，他甚至忘了因方子言的過往引致的不快：「方子言，真是沒想到啊，你竟然這樣厲害。這歌是你創作的嗎？」

「不是。」方子言看着小嵐，「創作這首歌的那

位旅遊家叫⋯⋯」

　　小嵐説：「叫鍾國仁。」

　　這首歌是另一個宇宙時空的中國人寫的，用個諧音。

　　「鍾國仁？沒聽過這名字。」劉彬眨着眼睛，想了一會兒，又感慨地説，「真是高手在民間啊！寫得實在好，棒！」

　　林靜這時也鬆了口氣，這首單曲送上去，推薦入圍的可能性很大。

　　這時劉彬把錄好的歌播放了一遍，跟方子言指出了演唱中的瑕疵，於是方子言又進了錄音棚，重新唱一遍。就這樣唱了一遍又遍，直到大家都滿意時，已是晚上十點多了。

　　「劉哥，多少錢？」方子言問道。

　　「你是我表妹介紹來的，就收個成本價吧，五百塊行了。」劉彬一揮手。

　　「噢，那多不好意思。」方子言感激地説。

　　劉彬説：「沒事沒事！我今晚聽了一首好聽的歌，還賺了呢！」

　　方子言沒再跟劉彬客氣，因為實際上他也沒多少錢了。

他拿出錢包，掏呀掏，拿出來一把皺巴巴的錢，放在桌上。他找到幾張五十元的，又把一些十元的數成十張一疊，數了五百元出來，然後又把剩下的一堆硬幣放回錢包裏。

方子言把錢遞給劉彬：「謝謝劉哥！」

劉彬一直看着他數錢，心裏明白這少年可能是手頭拮据。見方子言遞錢給他，猶豫了一下，還是伸手接了。又說：「你以後有歌要錄，儘管來找我。那位鍾國仁大師，會一直給歌你的吧？」

因為之前小嵐說過，那個伯伯給她唱了好多歌，所以方子言就點點頭：「會的，會的。」

「那太好了。」劉彬聽了很高興，他又對方子言說，「我看你也不像那些人說得那麼糟糕。誰年輕時沒做過錯事，忘了過去，從頭開始吧！照顧好妹妹，她是個好孩子。」

方子言也沒解釋，只是嗯了一聲。

劉彬還要留下加班，把剛才錄的歌作後續處理。他讓方子言先走，明天再來拿完成的單曲。這麼晚了，方子言不睏，小妹妹也撐不住呢！

林靜要送方子言兄妹回家，方子言堅決不肯，這麼晚怎可以再讓一個女孩子送呢！跟劉彬和林靜說了

再見，方子言便拉着小嵐走出了錄音室。

坐在巴士上，小嵐問：「哥哥，你跟林姐姐很熟嗎？她很幫你啊！」

方子言搖搖頭：「一點不熟，其實我今天是第一次跟她見面。」

小嵐心裏滿是感動，她說：「這世界上，還是好人多啊！林姐姐，還有劉彬哥哥。所以，哥哥，你要努力，要為關心你的人爭口氣，也要讓大家知道，你是一個什麼樣的人。」

「我會的。謝謝依依！」方子言用自己的大手，包住了小嵐的小手。

第七章

當年真相

　　從下車的巴士站走回家，有十幾分鐘的路程，兄妹倆邊走邊說話，也不覺得路長。

　　離家越來越近了，小嵐突然覺得有點不對頭，她停下腳步，咦了一聲，借着昏黃的路燈，可以看到前面全是頹垣敗瓦。

　　他們住的房子呢？

　　方子言也發現了不對頭，他放開拉着小嵐的手，瘋了似的跑過去，小嵐撒腿跟着。

　　原先小房子的地方，已經被推平了，屋裏的家具物品，被扔在一邊，散亂着。

　　方子言憤怒地揑緊了拳頭。這些不講信用的發展商，不是說好三天的嗎，現在才過了一天。

　　看着身邊的妹妹，方子言又從憤怒轉為擔心。自己一個男的，哪處不是家，天橋底下也可以湊合着住一段時間。可是，妹妹怎麼辦？

小嵐覺察到方子言的目光，她抬頭看着方子言，安慰說：「哥哥，我們不怕。先收拾重要的物品，我們再想辦法。」

　　「嗯。」聽到妹妹的話，方子言很快冷靜下來。

　　他突然有點奇怪的感覺，這小不點妹妹，怎麼倒好像自己的姐姐，遇到事情比自己還要鎮定。像她這般年紀，面對無家可歸，正常來說不是害怕得哭起來嗎？

　　他看了小嵐一眼，心裏直感謝上天給自己一個這樣好的妹妹。

　　從家具抽屜裏找出重要的身分證明文件，又找到手提電腦，還翻出日常要穿的衣服，全放進一個旅行箱裏。至於其他雜物，廚具呀什麼的，都不要了。現在連安身的地方都沒有呢，總不能背着一大堆雜物滿大街走吧！

　　收拾好了，方子言直起腰，最後看了一眼曾經是自己家的地方，拉着妹妹的手走了。

　　暗淡的路燈在他們身後拖了一大一小兩個長長的影子，顯得那樣的孤寂和落寞。

　　方子言把妹妹的手握得再緊些。家沒有了，但還有妹妹，以後，有妹妹在的地方，就是他的家，就是

他心安之處。

「鈴——」突然，方子言口袋裏的手機響了起來，方子言連忙停下腳步，拿出手機。

「喂，是方子言嗎？我是劉彬。」

「我是方子言。有什麼事嗎？」

「不好意思。剛才做後期處理時，發現其中有點瑕疵，需要你趕緊過來重錄。」

「好，我馬上過來。」方子言毫不猶豫地說。

這單曲一定要在今天弄好，如果耽誤了，明天無法去報名了。

兄妹坐上了夜班巴士，一路往錄音室而去。

劉彬見方子言兄妹倆拖着個大旅行箱，像搬家似的，心裏未免有點奇怪，但他也沒問什麼，只是抱歉地說：「真不好意思，連小妹妹也沒法休息。」

小嵐強睜着頻頻下垂的眼皮，笑了笑表示沒事。劉彬又說：「後面雜物房有張可以摺疊的帆布牀，我平時工作晚了沒法回家，就打開牀在那裏睡一晚的。妹妹可以去那裏休息。」

小嵐這時也實在累了，因為她現在是一個才七歲的孩子啊！她趕緊說：「彬哥哥，我睏了。」

劉彬挺喜歡這個漂亮可愛又懂事的小妹妹，便馬

上帶她去雜物房。雜物房雖然放了很多雜七雜八的東西，但還乾淨整齊。劉彬打開帆布牀，小嵐也不客氣，爬上牀，不一會兒就進入了夢鄉。

小嵐是被一縷照在臉上的陽光弄醒的，她瞇着眼睛，用手遮住臉，迷迷糊糊地坐了起來。

看看牆上掛的鐘，原來已經是上午九點了。

她推開房門，走了出去，見到方子言和劉彬兩人都趴在桌子上，呼呼大睡。看來昨晚弄那首單曲，把他們累壞了。

小嵐本來不忍心吵醒他們，但又怕耽誤了哥哥報名，於是輕輕推了推方子言：「哥哥，醒醒，醒醒。」

「唔。」方子言睜開了眼睛，又用手擦擦，看到外面陽光燦爛，不禁嚇了一跳，「依依，幾點了？」

小嵐說：「別慌，來得及去報名，才九點多。」

劉彬這時也醒了，說：「不枉我們辛苦了一夜。你不用自己跑去報名的，因為這個節目情況特殊，歌手身分要保密，所以報名可以讓別人代辦。我幫你好了，等會兒我替你把錄好的單曲電郵給大賽組委會。」

方子言一聽連聲說謝謝。他們並不熟啊，難得劉

彬這麼幫忙。老實説，要是方子言自己找人幫忙報名，還真不知找誰好呢。自從兩年前發生那件事，身邊的朋友都當他是瘟疫似的，離得遠遠的，他現在可以説連一個朋友都沒有。

「不用謝。組委會有什麼回音會發到我電郵信箱的，到時我第一時間告訴你。」劉彬笑着説。

「謝謝彬哥。如果有消息請打這個電話。」方子言拿了張紙把自己電話號碼寫上，交給劉彬。

方子言再次謝過劉彬之後，拉起放在牆角的箱子：「彬哥，那我們走了。依依，跟彬哥説拜拜。」

「彬哥哥拜拜！」小嵐向劉彬揮着手。

「拜拜！」劉彬隨口問了句，「準備去旅行呀？」

方子言愣了愣，不知怎麼回答。

「才不是呢！我們無家可歸了。」小嵐嘟着嘴，把房子被拆的事説了。

「你們還是租期內，這樣做也太過分了吧！」劉彬看看面前兩個沒成年的孩子，不禁有點心酸。

昨天方子言掏出一大把零錢交錄製費，劉彬知道他們已經沒有多少錢了。現在看到他們連住的地方也沒了，心裏很難受。

昨天方子言離開工作室後，林靜留下來跟劉彬聊了大半個小時，把方子言的情況都跟他說了，其中包括方子言被公司雪藏、生活拮据的事。

劉彬想了想，攔住往外走的兄妹倆，說：「別走，你們暫時住在這裏吧！小妹妹可以睡摺疊牀，子言就在外面睡沙發吧。」

方子言一聽便馬上搖頭：「這怎麼行！這是你們工作的地方，我們不能這樣打擾你們。彬哥，你的好意我們心領了，我們走了。」

劉彬攔住他們，生氣地說：「方子言，你站住！難道你要讓依依一個小姑娘露宿街頭嗎？」

方子言呆住了，依依是他最大的心病，他真的不想讓她流落街頭。

劉彬一把拿過方子言手裏的行李箱，說：「兄弟，留下吧！」

方子言呆呆地看着劉彬，半天才說：「你為什麼對我們這麼好？我們才剛認識呢！」

劉彬重重地歎了口氣，說：「因為我知道了兩年前那件事的真相，我知道你是被冤枉的，我想幫助你。」

方子言一愣，有點不相信自己耳朵。他看着劉

彬：「你説什麼？！」

劉彬一字一句地説：「當年，非禮那個小練習生的人不是你，而是萬家富。先動手打人的也是萬家富，你只是自衛還擊。那小練習生是受了萬家富的威脅，迫不得已説了謊。」

方子言看着劉彬，嗓子好像被什麼堵住了，一句話也説不出來。

小嵐忍不住問劉彬：「那她為什麼不説出真相？」

劉彬説：「不久前，她下了決心，打算回國説出真相，為方子言翻案。沒想到，在去機場的路上出了車禍，成了植物人。」

「啊！」小嵐瞠目結舌的。

這女孩太慘了，方子言太倒霉了。小嵐突然想到了一件事，疑惑地問道：「既然這樣，那你是怎麼知道真相的？」

劉彬歎了口氣：「是昨天晚上林靜告訴我的，小練習生其實是林靜的堂妹，名叫林鈴。林鈴車禍時，車裏還有送機的一名室友，室友很幸運地只是受了輕傷。林鈴昏迷前，硬撐着斷斷續續跟室友説了一番話，説方子言是冤枉的。不久，林靜受林鈴父母委

託，去國外接林鈴回國，室友把林鈴的話告訴了林靜。林靜很想為方子言翻案，但無奈萬家富家有財有勢，如果沒有很有說服力的證據，是告不倒他的。林靜一直在想辦法，但看來只能寄希望於林鈴蘇醒了。林靜一直很內疚……」

小嵐頓時明白了，為什麼林靜這樣幫方子言。

小嵐拉着哥哥的手，心裏很難受，命運為什麼對方子言這樣不公平呢？！

這時，方子言長長地出了一口氣，說：「彬哥，我很感謝你和林靜，不過，當年的事不要成為你們的負擔，因為不是你們的錯。所以請你告訴林靜，不要再內疚。對於林鈴，她也是年紀小，被人恐嚇才做出了錯事，所以我不會恨她。希望她早點醒來。」

「謝謝你，子言。林靜知道你這樣想，她會開心的。」劉彬又懇切地說，「不過，我也請你們兩兄妹不要拒絕我們的好意，就當是朋友之間的幫助吧！」

小嵐抬頭看了看方子言：「哥哥……」

方子言點了點頭：「謝謝彬哥，那我就不客氣了。在有能力租房子之前，就暫時住在你這裏。」

劉彬笑着說：「這就對了。」

第八章

旅行家寫的歌

劉彬出去買早餐，回來時順便在樓下商場買了一個很大的小兔毛公仔，送給小嵐。小嵐雖然不是真的七歲小孩，但也很喜歡這類毛茸茸的動物毛公仔，她緊緊摟住毛毛兔，笑得臉上露出了小酒窩。

吃完早餐，劉彬打開電腦，用自己的電郵地址替方子言報名，他一邊填寫一邊說：「用我這電郵信箱最好了，免得別人通過電郵地址挖出參賽選手的身分資料。我是搞錄音的，替客人報名是很正常。而事實上，我這次也真的替不少人報過名。如果他們想從我這裏挖出什麼，我一句跟歌手簽了保密協議，他們就無話可說。」

「彬哥哥厲害！」小嵐朝劉彬豎起大拇指。

「嘿嘿！」劉彬被小嵐一讚，得意極了。

劉彬繼續填着報名表：「只須填名字、聯絡方式就行。聯絡方式就寫我的電郵地址和電話吧。名字當

然不填真名。咦，你打算用什麼名字參賽？」

方子言撓撓頭：「隨便起個名字吧！叫什麼好呢？」

方子言看看小嵐，希望這個聰明的妹妹給他起個名字。

小嵐摸了摸毛毛兔軟軟的白毛，靈機一動説：「就叫白兔哥哥吧！」

「白兔哥哥，哈哈，好名字！子言，就用這個。」劉彬笑呵呵地説。

「這……好吧！」方子言摸摸腦袋，同意了。

填了報名表，又附上了單曲，然後把電郵發了出去。劉彬伸了伸懶腰，説：「好啦，我們就靜等正式入圍的佳音吧！」

方子言説有事要出去一趟，讓小嵐別跟着。劉彬打開電視的動畫頻道給小嵐看，然後去了錄音棚。劉彬回來時，見到小嵐根本沒去理會那動畫片，只是抱着跟她差不多高的毛毛兔，盤坐在沙發上，皺着小眉頭好像在想着什麼重大的、嚴肅的事情。

劉彬覺得有點好笑，抱着毛毛兔的小不點女孩，跟思考人生有點違和呀！這小女孩太可愛了。

「依依，在想什麼呢？」他坐到小嵐旁邊，笑着

問道。

　　小嵐小眉頭皺得更緊了，她這時的確在想着人生大事，不過不是她自己的人生大事，而是方子言的人生大事。

　　方子言參加《蒙面歌手》，是在尋找一條出路。但現在比賽還沒開始，總不能乾等呀！雖然林靜和劉彬都很熱心，出手相助，但哥哥和自己也要努力想辦法解決生活問題。可以做些什麼呢？

　　真是難為了小嵐啊！總不能她一個七歲小孩去做工掙錢吧！她想去也沒人敢請，勞工條例也不容許請童工呀！

　　劉彬聽了小嵐的憂慮，挺心痛的，這麼一個小小孩就要為生計憂愁，他急忙說：「我以為什麼事呢！讓你愁成這樣。你一點也不用擔心，你們就安心住在我這裏，吃飯問題也由我來解決。以子言的唱歌水準，還有那些好歌，他在《蒙面歌手》比賽中能走到最後一點不出奇。經過幾期比賽，就肯定有娛樂公司上門招攬，到時就有一筆簽約費，那不就什麼都解決了嗎？」

　　小嵐搖搖頭，說：「不可以。我們不能總是麻煩你的，哥哥也不會答應。所以，還是要想個辦法，讓

我們短期內有一筆錢，只要能維持日常開支就行。」

劉彬想了想，突然一拍大腿，說：「有辦法！」

小嵐眼睛一亮：「啊，什麼辦法？」

劉彬說：「可以讓子言錄歌，放到搜歌網的新歌頻道上架。我認識他們的銷售經理洪安國，如果今天能錄好歌的話，可以讓他今天晚上就放上去。」

之前小嵐上網了解情況時，也知道搜歌網是目前最大的在線音樂網站，而它的新歌頻道是專門供歌手把自己唱的新歌上載上去，讓網民試聽、下載。一首歌一個IP地址最多只能試聽十次，如果再想聽的話，就要付款下載了。下載費不貴，一首歌只需一元錢。而這筆錢，網站和歌手是五五分成，一人一半的。

小嵐的眼睛越來越亮了，這是個好方法呀！

劉彬繼續說：「以子言的嗓音，我敢保證，會有很多人喜歡的。」

小嵐高興極了，她開心地對劉彬說：「彬哥哥，你真厲害！這麼快就想出好辦法。」

誰都喜歡聽誇獎啊，何況是一個漂亮小女孩的讚揚，劉彬高興得尾巴都豎起來了：「嘿嘿，我本來就厲害！不過，下載費不會那麼快給，一般是一月一結。」

小嵐説：「那沒關係，起碼又多了一個辦法了。」

不一會兒，工作室兩名員工來了。工作室採取的是彈性上班時間，有預約才來，有時一天只上幾小時，有時就一天一夜都要工作，一切看顧客的需要。

這時預約了錄音室的顧客到了，劉彬讓小嵐自個兒玩，他就跟兩名員工一起，替顧客錄音去了。

劉彬忙去了，小嵐找出紙筆，把自己以前寫的三首歌默了出來。小嵐還會寫歌，你們一定想不到吧！這是早前學校舉行創作歌曲演唱比賽時小嵐寫給曉晴和曉星的。

小嵐當時還是第一次寫歌呢！曉晴曉星兩姐弟死纏爛打的，弄得她很煩，只好挖空心思給他們寫了。為了寫這幾首歌，她特地聽了很多國內外的好歌，結果對寫歌還產生了濃厚的興趣，放了很多心思在那三首歌的創作上。

萬卡知道之後，還特地請來烏莎努爾一位著名的作曲家給小嵐作了輔導。小嵐本來就極聰明，加上又有名師輔導，所以寫出來的歌很好聽，連那位作曲家都拍案叫好呢！後來曉晴曉星每人選一首自己喜歡的歌去參賽，結果兩人都獲了獎。

小嵐把這三首歌默了出來，自己哼了一會兒，覺得還很適合方子言唱的，就決定讓他唱了上載到新歌網上。這是用來掙錢的，小嵐不想用別人的歌。

　　小嵐接着又努力回憶自己原來那個世界的歌曲，地球上歌曲多如天上星星，所以她選擇精彩好聽的歌一點都不困難。這是她選來給方子言參賽用的，要拿到好名次，唱的歌好聽是其中一個有利因素。

　　劉彬幫顧客錄好歌出來時，發現小嵐已經寫好四、五首歌，放在桌子上。

　　劉彬拿起來哼唱，唱完之後滿意地說：「不錯不錯。難道你們兩兄妹上輩子拯救了銀河系嗎，怎麼這麼幸運，得到這麼優秀的歌曲！」

　　這時方子言回來了，聽到劉彬最後那句話，好奇地問道：「彬哥，你說誰拯救了銀河系？」

　　「你們兩兄妹呀！」劉彬把那譜紙遞過去，說，「你看看這幾首歌。」

　　方子言接過來小聲哼唱。

　　小嵐從那些歌裏抽出自己的那三首說：「哥哥，你先把這三首錄了音，放到搜歌網。」

　　方子言問：「什麼搜歌網？」

　　小嵐把剛才跟劉彬商量的事，告訴了方子言。

方子言有點激動，他看向劉彬，問道：「真的可以嗎？」

劉彬笑着點點頭。

方子言這幾天愁沒錢都快愁死了，他一把拉住劉彬的手，説：「謝謝，真的太謝謝了！」

劉彬説：「別謝我，謝你妹妹吧！她為了你，小臉小眉頭都皺成一團了。」

「彬哥哥，你亂説。」小嵐拿手裏的毛毛兔去打劉彬。

劉彬邊笑邊躲閃。

方子言看着妹妹，心裏很內疚，要是自己爭氣點，就不用妹妹這麼辛苦地為自己操心了。

劉彬躲到方子言身後，説：「好了好了，咱們趕快錄歌吧！」

有了昨天的錄音經驗，方子言唱得很順利，到了下午六點，就把三首歌都錄好了。小嵐寫的歌雖然不能跟其他好歌相比，但用方子言清亮的嗓音唱出來，竟也出奇地好聽。

劉彬已經打過電話給他的朋友洪安國，洪安國答應馬上把三首歌上載到搜歌網。

劉彬剛想把單曲發出去，突然想起一件事：

「咦，歌手名字寫哪個？」

方子言猶豫了一下。他知道自己的名聲不好，如果用真名，可能別人連聽的意欲都沒有。想了想說：「就叫無名吧。」

「無名？好。」劉彬在歌手名字上寫上了這兩個字。

劉彬讓兩名員工先走，然後讓方子言簽了一份歌曲上載授權書，連同錄好的單曲一起發給了洪安國。

「啊——哈——」劉彬打了個呵欠。昨晚連夜給方子言處理參賽單曲，沒睡好，現在睏極了，他也準備回家休息了。

劉彬把錄音工作室的鑰匙交給小嵐，說：「暫時給你保管。你哥也累了，讓他早點休息。」

「嗯。」

劉彬走後，方子言打電話叫了外賣，兩兄妹吃了。方子言一邊吃一邊打呵欠，吃完把外賣盒往塑膠袋一放，就歪倒在會客室的沙發上，說：「好睏。我要睡了。」

沙發不大，方子言躺上去腿都沒地方放，只好縮作一團。

小嵐把他拉起來，推進雜物房，說：「你睡帆布

82

牀吧！那小沙發裝不下你這大個子。我人小，睡沙發剛剛好。」

方子言看着小嵐沒商量的態度，知道這小妹妹要做的事誰也阻擋不了，只好無奈地上牀睡了。不過他也實在累了，腦袋一挨枕頭，不到幾十秒就呼呼大睡起來。

睡着的方子言，沒有了艱辛生活磨出來的棱角，顯得格外的乖巧。時不時還抿抿嘴，臉上露出兩個深深的酒窩。

小嵐輕輕關上房門，搖搖頭，不禁覺得有點好笑，她這個做妹妹的，怎麼越來越像小姐姐了。

小嵐收拾了一下屋子，又簡單漱洗了一下，畢竟不是在自己家裏，一切只能將就了。做完這些，小嵐也覺得睏了。這幾天她睡得並不好，一來是到了新的環境，二來是對自己和方子言的前景憂慮，所以她一晚上都只是睡了幾小時。現在困難有了解決的方法，她的心情也放鬆了不少，所以往小沙發上一躺，很快就睡了。

第九章

小不點對對聯

　　第二天上午，劉彬打電話回錄音室，説他和兩名員工今天外出工作，上午都不回錄音室了。又告訴方子言：「忘了跟你説，茶水間的雪櫃裏有冷凍水餃和包子，還有青菜和肉，你們兩兄妹可以用電飯鍋弄來吃。」

　　劉彬和兩名員工都不會在錄音室吃飯的，雪櫃裏的東西，肯定是劉彬特意買來，留給方子言兄妹的。而電飯鍋，還是新的，一次也沒用過，顯然是剛買的。

　　方子言心裏很感動。他把錢包掏出來，愣愣地看着剩下的一些零鈔。

　　小嵐知道哥哥在想什麼。他們住着劉彬的地方，已經夠麻煩他了，怎好意思還吃他的呢！她拉拉哥哥的手，安慰説：「等我們有了錢，再還給彬哥哥好了。」

方子言看了小嵐一眼，説：「哥哥想出去打工。」

原來方子言昨天説有事出去，其實是去找找有什麼適合的工作。結果在一家大酒樓門口見到一張招聘臨時工的告示，他決定去應聘。曾經當紅的歌手去酒樓做雜工，相信傳媒發現後一定大加報道，但方子言已經管不了這麼多了，為了妹妹，他什麼都不顧了。

「好！我跟你一起去。」小嵐把自己的小手放進哥哥的大手裏。

方子言本來也不放心把妹妹一個人留在錄音室，便點了點頭。他找來妹妹的小背囊，在裏面放了幾本自己買給妹妹的圖畫書，還有幾包小零食，給小嵐背上。

方子言拉着妹妹的手出了門，見到時間已是十二點多，便走進了一間茶餐廳，用剩下的一點錢要了兩碗麵條。

吃完東西，便去找那間請人的酒樓。那間酒樓規模很大，門口布置很引人注目，所以很容易就找到了。方子言看看門口那張小告示還在，便牽着小嵐的手走進了大堂。大堂經理聽方子言説了來應聘的事，就打電話叫了人事部同事下來。

事情意外的順利。因為酒樓這幾天都有團體搞活動，令到每天的酒席需求大增，一時間酒樓人手不足，所以急需臨時工。那個人事部職員跟方子言說好，馬上上班，做四個小時，每小時五十塊錢。方子言很高興，四小時有兩百塊錢，起碼這兩天吃飯不成問題了。

說好了待遇問題，職員就對方子言說：「你跟我來。」

方子言和小嵐跟在職員後面，這時聽到身後傳來議論聲：

「喂，你們看看，應聘臨時工的那個人像不像方子言？」

「方子言？幾年前打傷人被拘留的那個方子言？還真有點像呢！」

「不會吧！曾經的當紅歌手來酒樓做雜工。這麼潦倒啊！」

「……」

方子言的臉刷地紅了。小嵐拉着他的手緊了緊，方子言低下頭，碰上了小嵐鼓勵的目光。他覺得心裏一暖，把那些冷言冷語全拋開了。

人事部職員把方子言帶到酒樓的廚房，交給一個

胖胖的主管，主管拿來一條圍裙和膠手套，然後指着一大堆未洗的碗碟，説：「手快點，趕着用呢！洗完就幫忙搬米。」

「好！」方子言急忙穿好圍裙和手套，然後洗起碗來。

胖主管突然發現了小嵐，馬上眼睛一瞪，説：「你這小孩，幹嘛跑進來了。廚房是你玩的地方嗎？」

方子言趕緊説：「對不起，她是我妹妹。」

「沒見過做工還帶了妹妹的。」胖主管嘟囔着，也許是見到小嵐模樣乖巧，又放軟了口氣，對小嵐説：「廚房地方，小孩子進來太危險。外面大堂有張沙發，你去那裏坐着吧！」

「嗯。謝謝伯伯！」小嵐乖乖地應了一聲。胖主管説得沒錯，小孩子的確不應該待在廚房。

小嵐跟方子言説了一聲：「我在外面等你。」

方子言點點頭，説：「好。好好看圖畫書，別亂跑！」

她見到方子言一臉的汗，趕緊拿出一張紙巾，替哥哥擦了汗，然後才走了出去。

廚房外就是酒樓大堂，地方很大，足可以容納近

千名客人。看來真是有機構搞活動，前面搞了個小舞台，上方掛了一條橫額，上面寫着「全國楹聯協會成立八十周年慶祝酒會」。幾名工作人員有的在緊張地調校麥克風，有的在擺放着一應物品。

大堂已快坐滿了，還不斷有人進來，看上去他們很多都互相認識，不斷有人碰到朋友，互相問候着。

小嵐乖乖地坐着，不敢走遠，怕哥哥出來找不到她着急。她想起背囊裏的漫畫書，便拿出來看。《小青蛙找媽媽》，《小雞吃米》，《我長大了》，哎呀，這哥哥怎麼搞的，把自己當幼稚園小班小朋友了，買這麼幼稚的書給自己看！

小嵐哭笑不得地把書放回小背囊，沒法子，只好坐定定看人家的酒會節目了。

不一會兒，一名年輕的女主持人上台，宣布酒會開始了。

像所有酒會一樣，主席、會長、理事一個接一個上台講話致詞，每人十多分鐘，聽得小嵐挺沒意思的。看看台下參加酒會的人，他們也挺不容易的，都一點多兩點了，肚子都餓扁了吧，但面對滿桌子佳餚，只能看不能吃。

小嵐聽得不耐煩，跑去廚房門口，從門縫去看方

子言工作。方子言在扛米呢！一袋看上去有百多斤的米扛在肩膀上，十七歲少年瘦削的身子被壓得彎彎的，但他仍堅持着⋯⋯

小嵐眼淚都快流出來了，但她又無法去幫上一把，只好歎口氣，又回到沙發上坐着。

這時講話環節已經結束了，又到了敬酒環節，領導們向來賓敬酒，來賓們互相敬酒。也許因為小嵐現在這個身體年紀小，容易疲倦，竟歪在沙發上睡着了。

不知過了多長時間，一陣歡呼聲鼓掌聲把她驚醒了。小嵐擦擦眼睛，坐了起來，發現自己睡了一段時間了，酒會進入了對聯環節，由知名的楹聯專家出上聯，來賓對下聯，對得最好的有獎品。

剛才的歡呼聲掌聲是有人對出了好聯，獲得獎品，惹來叫好聲和掌聲。

這時主持人拿着麥克風大聲説：「下面是由我們的王理事出一道上聯。」

主持人回身指着大屏幕上的字，唸道：「上聯是『孫悟空，金箍棒，能長能短』，請大家對出下聯。」

前不久，宇宙菁英學校搞遊園晚會，曉晴和曉星

負責對聯這一攤，兩人整天在小嵐耳邊嘀嘀咕咕的唸對聯，後來還抓了毛筆字寫得好的小嵐，替他們把對聯抄在紙上呢！

這「孫悟空，金箍棒，能長能短」的下聯，小嵐見過啊！

小嵐正無聊着，想找點事做做，便一躍跳下沙發，朝舞台跑去。

台下的賓客還在紙上寫寫畫畫，對着下聯，女主持人正笑瞇瞇地看着，看有誰最快對出下聯。猛然見到一個小不點跑上台，嘴裏還嚷着：「我會我會！」

台下的人愣了，主持人也愣了。啊，大家都還在苦苦思索，怎麼就有人對出來呢，還是個小女孩，看上去才八歲左右吧！

主持人以為小嵐是來賓帶來的孩子，來賓不好意思上台，讓孩子去對。便蹲下身子，問道：「小朋友，你叫什麼名字呀？」

「我叫依依。」小嵐一笑，眼睛彎彎的，臉上露出兩個小酒窩。

「依依？哇，這名字好好聽哦。」主持人見到這麼可愛漂亮的小女孩子，不禁母愛大泛濫，她笑瞇瞇地摸摸小嵐的小腦袋，問道，「你說你會對對聯，是

嗎?」

「嗯。我會!」小嵐毫不猶豫地指着屏幕,這對
聯我會對。」

「那就請小妹妹把下聯寫出來。」主持人把小嵐
帶到一張案桌前,案桌上有台平板電腦,只要在上面
寫字,大屏幕上就會馬上顯示出來。

但小嵐個子太矮了,主持人便拿下那台平板電
腦,彎下腰讓小嵐在上面寫字。

台下的人都跟主持人一樣,以為小嵐是某位來賓
的孩子,都饒有趣味地看着屏幕。

小嵐的小手指在電腦上一個字一個字地寫着,台
下的人便一個字一個字地唸着:「花、果、山,水、
簾、洞,又、溫、又、暖。」

上下聯一起唸:孫悟空,金箍棒,能長能短;花
果山,水簾洞,又溫又暖。

啊,對得很工整呢!

台下的人都鼓起掌來。出題的老理事走上舞台,
一臉慈祥地對小嵐説:「小姑娘,你家大人很厲害,
對得不錯,不錯。來,伯伯給你獎品。」

「謝謝伯伯!」小嵐本來只是貪玩,沒想到還有
獎品拿,高興地接了過來。

伯伯遞過來一個信封，不知裏面是什麼東西。

小嵐「砰砰砰」跑回沙發，坐下來就打開信封，咦，原來是一千元超市購物券。

小嵐挺意外的，接着又很高興，這回好了，哥哥不是發愁沒錢吃飯嗎？有了這購物券，就可以解決問題了。超市有很多吃的賣呀！

小嵐高興得「耶」了一聲，跳起來就去找哥哥。咦，哥哥不在呢！可能又搬東西去了。

也好，等哥哥放工時再告訴他，給他一個驚喜。

小嵐繼續看別人對對聯，對這些傳統文化她還是很感興趣的。看來這異時空的文化跟地球相比有點落後，很多對聯小嵐都覺得水平不高。上聯出得不怎麼樣，下聯也對得不完美，但不論是台上出題的專家，還是台下的出席嘉賓，都大聲表示讚歎，給出了獎品。

這時女主持人走出來，說：「現在由我們研究楹聯大半生、德高望重的羅會長出上聯。這道上聯大家應該不陌生，因為它在去年的酒會上出現過，結果到會人士作的下聯羅會長都覺得不滿意。之後羅會長懸獎一萬元，在社會上徵求下聯，應徵作聯的人不少，但羅會長都覺得達不到他的要求。所以羅會長決定在

今年的酒會上再拿出這道上聯來，徵求優秀的下聯，一萬元獎金仍然有效。」

女主持人話音未落，台下已經議論開了：

「我知道是哪個上聯了。去年有五個人對了下聯，羅會長都不滿意。」

「我一整年都在想下聯呢，還跟很多朋友討論過，但對出的下聯總覺得缺了些韻味。」

「是，要對得好太難了！」

小嵐很奇怪，到底是什麼上聯，把這幫大人難成這樣呢？

這時，羅會長親自上台，在平板電腦上寫了一行字：「天作棋盤星作子，誰人敢下。」

小嵐眼睛一亮，這副對聯她見過呢！

羅會長一直站在台上，用殷切的眼光看着台下的人，今年的酒會人最多，幾乎全國的楹聯高手都在這裏了，他希望能得到滿意的下聯。

「我有了！」一名中年人舉起手，主持人請他上台，在平板電腦上寫出了他的下聯。

羅會長搖搖頭，不滿意。

「我想了一個。」一名上了年紀的理事走上台，在平板電腦上寫了一行字。

羅會長看了，還是搖搖頭。

會場上一陣靜默。大家看着台上那個失望的老人，心裏都有點難過。

這時，一個稚嫩的聲音響起：「會長伯伯，我能對。」

全場的目光刷地朝聲音發出的地方看去。一個漂亮可愛的小女孩站在那裏，臉上帶着燦爛的笑容，如果加上兩隻小翅膀，簡直就像天上的美麗小天使落到凡間來了。

咦，這不是剛才出來拿過一次獎的小女孩嗎？

老會長看着天真可愛的小姑娘，心情都變好了些。不管她是不是真的能對出下聯，他也想跟這可愛的小女孩交流一下。

「來來來，到伯伯身邊來！」老人滿面笑容朝小姑娘招手。

小嵐蹦跳着跑上台去，跑到老會長跟前，甜甜地喊了一聲：「伯伯好！」

「哈哈哈！」老會長開懷大笑，一顆心暖得都快要融化掉了，「好好好，真乖！」

女主持走過來，笑着說：「小朋友，你真厲害啊！剛剛對了一個好聯，現在又拿出什麼好聯來

了？」

「是呀，快説給伯伯聽。」老會長笑呵呵地説。

「好，伯伯，我寫給您看！」小嵐説。

主持人又把平板電腦拿下來，遞到小嵐面前，讓她在上面寫字。

大家都望向大屏幕，看這可愛小女孩寫出怎樣的下聯。

只見隨着小嵐的小手在電腦上一筆一劃地寫着，屏幕上也出現了一行文字：

「地為琵琶路為弦，哪個能彈。」

老會長登時愣了，台下的人也全愣了。全場靜默幾分鐘，人們才驚醒過來，一齊大叫：「好，好，對得好！」

老會長彎下腰，一臉驚喜地拉着小嵐的手，問道：「小朋友，這下聯是誰對出來的？你爸爸？媽媽？快帶我去見見。」

「啊……」小嵐不知怎樣回答才好。

這下聯是她那個時空的古人對出來的，説出來你們也不認識呀！

老會長見小嵐不説話，便對台下説：「哪位是這位小朋友的家長，請上台來。」

台下的人你看看我，我看看你，沒有人吭聲。

　　老會長見沒有人作聲，無奈地攤攤手。心想也許是這小孩的家人太低調，不想出這個風頭吧！想到這，他不再執着要見對出下聯的人了，反正好聯已經出來，心願已了。於是他從主持人手裏接過一個信封，對小嵐說：「好，既然對出下聯的高手不想出面，那就讓這小姑娘代領了這獎金吧！謝謝這位高手給了我一個滿意的下聯。」

　　「不行不行，這錢我不能要！」小嵐說出下聯，只不過是因為不想老會長不開心，不想他永遠找不到滿意的下聯。這錢，她絕不能要。

　　老會長故意板起面孔，說：「不行。這是說好了的。不管是什麼人，只要給出滿意的下聯，就由協會獎勵一萬元，我們不能說話不算數。」

　　「對啊，小朋友，你就收下吧！」女主持人也勸小嵐。

　　台下的人一齊拍起手來，一邊拍一邊整齊地喊：「收下，收下，收下⋯⋯」

　　小嵐眼睛骨碌碌轉了一圈，心想，也好，這樣哥哥就不用辛苦找工作了，可以全副精力練好參賽歌曲。頂多以後哥哥掙到錢了，讓他多做些善事，幫助

有需要的人。她朝伯伯鞠了個躬，說了聲「謝謝」，接過了信封。

酒會仍在繼續，小嵐坐在那裏看着別人吃東西、聊天，無聊極了，便跑到旁邊一個電視機前看節目。

看着看着，發現大堂裏沒了嘈雜聲音，轉身一看，原來酒會已經結束了，酒樓的員工正在收拾東西。

「依依！」有人喊了她一聲。

回頭一看，原來是方子言。他一邊用紙巾擦着手上的水，一邊朝小嵐走來。

「哥哥！」小嵐高興地跑了過去，「下班了？」

方子言樣子很疲倦，但臉上滿是笑意。他笑着說：「是的。做完四小時了。」

他把紙巾扔進垃圾箱，然後伸手住小嵐：「餓了吧，哥哥已經領了今天的錢了，帶你去吃漢堡包。」

「好啊！」中午才吃了一小碗麵條，小嵐也真的餓了，她高興地點點頭。

兩人走進快餐店，因為還沒到晚飯高峯時間，店裏人不多，兩人找了個安靜的位置坐下。方子言去買了兩個套餐，兩人狼吞虎嚥地吃起來了。

吃完東西，小嵐用紙巾擦擦嘴，然後神神秘秘地

從小背囊裏拿出兩個信封，放到方子言面前：「哥哥，你看看。」

「什麼東西？」方子言狐疑地看了小嵐一眼，用紙巾擦擦手，然後拿起信封。打開一個，嚇了一跳，再打開另一個，又嚇了一跳，整整一萬一千大元！方子言大瞪着眼睛，看着小嵐：「哪來這麼多錢？」

小嵐得意地笑着，把剛才在楹聯酒會上發生的事一五一十告訴了哥哥。

啊！方子言瞠目結舌地看着妹妹，這、這孩子……

在大堂坐坐也可以贏到一萬多元的獎金，太不可思議了！不過，這兩個下聯，這小傢伙是怎麼對上的呢？

總不會是她自己對的吧？那就真是嚇人了。難道……難道又是那個會寫歌的旅遊家伯伯？

方子言忍不住提出疑問。

小嵐正在擔心方子言問她誰給她的下聯呢，沒想到他倒自己想出答案來了。小嵐馬上順水推舟說：「沒錯，就是旅遊家伯伯跟我說的。他是個很有學問的人。」

方子言很詫異，這旅遊家伯伯究竟是怎樣的一個

高人啊！歌寫得那麼好，連對對聯都那麼厲害！

第二天劉彬回到錄音室時，方子言把小嵐得到獎金的事告訴了他。劉彬驚訝得眼珠都快掉出來了，接着又哈哈大笑起來，一把將小嵐拉進懷裏，一邊用手揉她的頭髮，一邊哈哈笑着說：「哎呀，你這小傢伙，叫我怎麼說呢，簡直是幸運指數逆天了。彬哥哥以後就纏上你了，好沾點運氣。」

小嵐摸摸被揉亂的頭髮，朝劉彬翻白眼。

方子言對劉彬說：「彬哥，這段時間太打擾你了。我打算明天去租一間小點的、便宜點的房子，我和小嵐搬進去住。」

劉彬搖搖頭，說：「我建議你還是等比賽完才租房子。因為過幾天就是初賽了，如果初賽能入圍就要住進電視台。假如你再接再厲打進決賽，那就起碼有大半個月時間在電視台了。你沒必要現在租房子，白給那大半個月的房租。你還是先住在我這裏，比賽結束後再去找地方住。」

方子言聽了，點點頭，覺得劉彬說得很對，說：「謝謝彬哥。那我就再叨擾你幾天吧！」

劉彬大手一揮，笑着說：「別客氣。我還想跟小依依多接近，沾多點運氣呢！」

這時，方子言接到了一個電話，是洪安國打來的。他說無名的三首新歌上載到搜歌網後，下載量很不錯，問無名還能不能提供一些新歌。方子言因為要全副精力做好參賽準備，就回覆說等些日子再提供。

第十章

七歲的經紀人

　　方子言的參賽單曲寄出去一星期後，劉彬收到了入選通知書，並要求在三天之後去電視台報到，集中排練，為比賽做準備。

　　《蒙面歌手》這節目的最大賣點，就是歌手身分成謎，不但評委和觀眾不知道，甚至連組織者也不曉得，參賽者戴上特殊的假面具以隱藏身分，不管年齡、性別、職業、資歷，只憑歌聲一決勝負的節目形式引人關注！在聽歌的同時猜測歌手到底是誰，成為節目的一大特色和亮點。

　　報到那天，方子言戴着小嵐給設計的白兔面具，坐上了劉彬的車，直往電視台而去。

　　不是他們太謹慎，而是大會規定每一位參賽者都要盡最大的努力，隱藏真面目。所以各參賽者都各出奇謀，不讓自己身分曝光。

　　小嵐也戴了一個白兔小面具，因為恐防人們以經

紀人為線索，追蹤歌手身分，所以每位歌手的經紀人也要戴面具。

　　如果初賽通過，進入複賽，方子言和他的經紀人小嵐，就要即時留下，由電視台安排住宿，除非中途被淘汰可以離開，否則要一直住到比賽結束。

　　劉彬一路上都不停嘴地跟方子言兄妹叮囑一些注意事項。雖然他未參加過這類比賽，但去他錄音室錄製歌曲的歌手就很多都參加過，平日聽他們說有關比賽的事，聽得多了也變得熟悉起來。

　　「你們日常用的東西都帶了吧？我估計子言這回起碼能晉級準決賽。所以你們起碼要住上大半個月呢！」在劉彬眼中，這兩人一個七歲小屁孩，一個是十七歲小少年，還是需要別人照顧的年齡呢！

　　小嵐說：「帶齊了，囉嗦的彬哥哥！」

　　「小屁孩，竟說我囉嗦！看我教訓你。」劉彬笑呵呵地給了小嵐的小腦袋一個炒栗子，「不過，有你這個人小鬼大的小傢伙，我還真的不需要操心。喂，小屁孩，你今年才七歲吧？怎麼就這樣懂事呢？」

　　「天生的唄！」小嵐仰起臉，得意地說。

　　「我怎麼就沒一個像你這樣的妹妹呢！子言，把依依送我好不好？」

「才不呢！用全世界來換我妹妹，我都不會給。」方子言一把摟住小嵐，好像生怕劉彬真的搶了去。

　　一路上説説笑笑的，很快，已經遠遠看見了那幢三十多層高的電視台大樓。

　　「哇，好多人！」小嵐驚叫道。

　　真的好多人啊！方子言和劉彬都呆了。只見電視台的大門口，擠着許多手拿相機或錄影機的傳媒記者，一路從電視台門口延伸開來，足有百米之長。説有幾千人都一點不過分。

　　白樺電視台是大可國幾個最大型電視台的其中之一，本身就極受關注，何況是組織了這麼一個極新穎、給人許多懸念的節目。所以相信全國各地新聞媒體都派人來了，都想第一時間搶到好新聞。

　　車子已經不能再駛向前了，劉彬扭頭對方子言説：「子言你要加油，我和林靜都看好你。」

　　又對小嵐説：「照顧好你自己，也照顧好哥哥。有需要就打電話給我。」

　　「知道啦，謝謝彬哥哥！」小嵐笑嘻嘻地跳下了車。

　　方子言朝劉彬説了謝謝，跟在小嵐後面下了車。

「有歌手來了！」記者隊伍裏有人發現了方子言和小嵐，喊了一聲。

　　馬上一大羣人朝這邊湧來，把小嵐和方子言團團圍住。他們都好奇地打量着這一對組合，戴着白兔面具的長腿少年，以及這少年手牽的戴着白兔小面具的小姑娘。

　　大家的目光一下子就被小姑娘吸引了。粉紅的小裙子，粉紅小皮鞋，白色襪子，頭戴白色的小兔子面具，簡直太可愛了吧！

記者們衝着小嵐「咔嚓咔嚓」拍了很多照片，把採訪歌手的任務也忘記了。

有人問方子言：「這小姑娘是你的女兒嗎？」

方子言沒出聲。小嵐朝那人翻了翻白眼，說：「你眼睛是用來吃飯的嗎？看不出我是他經紀人。」

「經紀人？！哈哈，這小不點真有意思！」

「嘻嘻，好可愛的經紀人。」

「哇哦，小妹妹，你真是經紀人嗎？」

記者們樂瘋了，電視台門口頓時成了歡樂的海洋，這時有歌手陸續到來，但記者們都沒空理會了，只是舉起相機對着小嵐又是一頓猛拍。好些人連文章標題也想好了——史上最年幼經紀人。太吸引人眼球了！

這時候，有幾名記者想起了今天的採訪任務，便向一直站在小嵐後面的方子言發問：

「你好！能談談感想嗎？」

「你認為自己能晉級的可能有多大？」

「能透露點信息嗎？你今年多大了？是已經出道的歌手嗎？」

方子言沒吭聲。他才不會回答問題呢，這些記者狡猾狡猾的，就是想引參賽者說話，好從聲音裏辨出

蛛絲馬跡，猜出歌手身分。

記者們見問不到什麼，於是又紛紛轉戰小嵐，想利用小孩子達到目的。因為小孩子好騙哦，問多幾句，就有可能把什麼都說出來了。

「我來我來，我最會哄小孩了。」一個胖胖的叔叔擠到小嵐面前，問，「小傢伙，你家歌手叫什麼名字？」

「叫白兔哥哥。」

「這不是真名吧？平常別人叫他什麼呀？」

「我不告訴你！」

「哈哈哈……」小嵐的回答引來一陣大笑。那胖叔叔聳聳肩，表示遺憾。

一個阿姨舉起一隻手，說：「換我換我！」

她蹲下來，笑瞇瞇地問：「小妹妹，你家歌手今年幾歲啦？」

小嵐笑嘻嘻地回嗒：「比我大。七歲以上。」

「哈哈哈哈……」又是一陣哄笑。女記者也敗下陣來了。

原來小孩子也不好騙呢！

記者們不死心，還想再問，幸好這時守在大門口的工作人員察覺到這邊有記者圍堵參賽歌手，跑來解

圍，小嵐和方子言才順利進了電視台。

一名自我介紹名叫陳尉尉的節目工作人員，帶着方子言兩兄妹走入電梯。陳尉尉見到方子言沒帶經紀人或助理，卻帶了一個小姑娘，不禁奇怪地問：「白兔哥哥，你的經紀人呢？」

按以前的歌唱大賽，是不強調一定要有經紀人或助理的，因為參賽歌手很多是業餘的，他們都不會帶人來，反正一些事情自己處理就行。

但這次不同，因為歌手要隱藏身分，不宜太多露面，所以身邊必須有經紀人或助理協助。

沒等方子言回答，小嵐就仰起小臉，對陳尉尉說：「姐姐，我就是經紀人呀！」

「你就是經紀人？！」陳尉尉像剛才那班記者一樣，十分驚訝。

方子言點點頭，用變了聲的聲音回答：「對，她就是我的經紀人。」

陳尉尉驚喜地說：「啊，你這麼小就當經紀人，你太厲害了。」

她實在太喜歡這個機靈的小女孩了，忍不住蹲下身子，一把將小嵐抱了起來。

「不要！不要！快放我下來。」小嵐本身是個中

學生，怎可以讓人抱，急忙蹬着小腿，要下地。

「好，不抱不抱。」陳尉尉只好把小嵐放下來。

小嵐嘟着小嘴説：「人家是經紀人呢，讓別人看見了不好。」

陳尉尉趕緊朝小嵐敬了個禮，忍住笑説：「哦，對不起對不起。」

陳尉尉一直把他們帶到第二十三層，那裏是電視台的藝員培訓班學生宿舍，現在學生正放暑假，所以宿舍被大賽組委徵用了。

陳尉尉留下一份大賽注意事項，然後就離開了，因為她還要去大門口接人呢！小嵐拿起那份注意事項，上面清楚寫明了參賽者每天的集合時間、一日三餐安排，還有賽事進程等等。

安排住的地方很寬敞，兩個人住一個套間，有洗手間、小客廳和兩個房間。剛好是歌手和經紀人一人住一間。

明天是排練時間，後天就是初賽的日子。

「哥哥，你抓緊時間，把比賽要唱的兩首歌再唱一次。不許偷懶！」

「好！」方子言低下頭，用手摸了摸小大人似的妹妹。

第十一章

白兔哥哥晉級了

第一期的比賽今天舉行，比賽場地在電視大樓側的白樺大劇院。

這天小嵐特地起了個大早，跑去電視台的員工餐廳拿了早餐回來，和哥哥一起吃了。然後就給哥哥打扮起來。衣服還是簡單的白T恤、牛仔褲，然後戴上了小嵐設計的白兔面具。

小嵐前後左右地再次審視了一番，滿意地點了點頭。這個面具包住了方子言的整個面部，別人想認出他是誰，絕對不可能。

召集的時間快到了，六名歌手陸續走出房間。之前各歌手的排練時間都是錯開的，所以他們還是第一次見到其他參賽歌手。

一個個子高高、戴着外星人面具的歌手說：「嗨！你們好。我是火星大俠。」

一個戴着福娃面具、身材嬌小的女歌手做了個舞

蹈動作，說：「早啊！我是福氣娃娃。」

　　接着另外三個歌手也都自我介紹，他們分別是紅色玫瑰、怪獸弟弟、叮噹貓。方子言見到大家都望着自己，有點不自然地說：「大家好，我是白兔哥哥。」

　　他們全都戴上了電視台配給的變聲裝置，發出的聲音都跟平時說話有很大不同，所以即使碰到熟人都無法認出對方。

　　歌手們見到小嵐都很驚訝，這孩子真可愛。知道她是白兔哥哥的經紀人，就更是震驚了。所有人圍了上來逗小嵐，「幾歲啦？」、「好可愛呀！」⋯⋯

　　幸好這時陳尉尉走了過來，不然他們還停不下來呢！

　　一行人跟着陳尉尉，去到了後台休息室。為提防歌手之間太接近被識穿真面目，休息室的椅子作了特別的設置。六張雙人沙發，圍成一個圈，每張沙發之間隔開一段不短的距離。陳尉尉站在圈中，拿出六個信封，請六名經紀人一人拿一個，又叮囑說：「先別打開。」

　　「啊，這是什麼？」福氣娃娃的經紀人看來是個急性子，她首先伸手拿了一個信封。

「小朋友拿吧！」火星大俠的經紀人笑着對小嵐說。

「嗯。謝謝！」小嵐有禮貌地謝過，然後就伸出小手，拿了一個信封。

等六個經紀人都拿了信封之後，陳尉尉説：「每個信封裏都有一張寫着數字的紙。兩張寫着1，兩張寫着2，兩張寫着3。抽到1的就是第一組比賽歌手，抽到2的就是第二組比賽歌手，抽到3的就是第三組比賽歌手。下面大家一起拆信封。」

福氣娃娃的經紀人一聽就馬上拆開信封，抽出紙條一看：「哇，1，我們是第一組！還有誰是1？」

大家一看，除了福氣娃娃，還有怪獸弟弟也是抽到第一組。抽到2的是紅色玫瑰和叮噹貓，抽到3的是火星大俠和白兔哥哥。

「咦，怎麼有兩種顏色的？」小嵐問。

「正要跟你們説呢，紅色先唱，綠色後唱。」陳尉尉説：「有關比賽規則相信大家已清楚，我就不多説了。希望大家比賽順利，取得好成績。」

離開始還有二十分鐘，陳尉尉讓歌手們先休息一下，並請首位出賽的福氣娃娃和怪獸弟弟做好準備。

比賽現場，所有觀眾都已經進場坐好，台上樂隊

也已經就坐，靜等主持人上台宣布比賽開始。

時間到了，舞台上燈光閃爍，激光打出了千萬朵鮮花，從舞台上空慢慢飄落，美麗又壯觀，台下觀眾們都禁不住發出「嘩」的驚歎聲。從舞台側面走出一名長得很漂亮的、笑容滿面的女主持人，她走到舞台中間，說：「觀眾朋友們，你們好！我是《蒙面歌手》的主持人胡萌萌。歡迎大家來到《蒙面歌手》節目現場！」

觀眾們報以熱烈的掌聲。

胡萌萌等觀眾的掌聲稍為減弱，又說：「今天是《蒙面歌手》的第一期，會有六位蒙面歌手進行比賽。我們將由台下六百位觀眾投票決定歌手的名次和去留。比賽分為兩輪，第一輪六位選手兩兩對決，勝出者自動晉級，進入下一期比賽。而三位失敗者要再次展開對決，從三人中選出一人繼續留在舞台上，另外兩人直接淘汰。由於今天是《蒙面歌手》開始第一場，為表重視，我們特別邀請了三位評點嘉賓到來。首先有請著名女高音歌唱家梁涼老師！」

一位六十多歲，頭髮花白面目慈祥的女評委，在熱烈的掌聲中上場，坐到嘉賓席上。

「著名男中音歌唱家，鍾啟明老師！」

一位三十多歲身材高大的男士一邊朝觀眾揮手，一邊上場。觀眾席又再響起熱烈的掌聲。

　　「影視圈的新生力量、偶像藝人林靜！」

　　年輕活潑的女歌手林靜跑上了舞台。她朝觀眾鞠了一躬，然後在掌聲中就坐。

　　「謝謝三位嘉賓老師。」胡萌萌朝三位嘉賓微笑點頭，然後宣布，「好，下面比賽開始。有請第一位參賽歌手，福氣娃娃。」

　　胡萌萌從舞台左側走下去，而第一位參賽歌手就從舞台右側走了上台。所有人的目光都嗖地一下子全落到這位歌手身上，大家都希望看出這人的真面目。但很可惜，那張福娃面具把歌手的整張面孔遮得嚴嚴密密的，身上還穿着一件寬大的衣裳，連身材都遮起來了，根本看不出是誰。唯一可以知道的，就是這人身材不高，大約一米六零左右。

　　嘉賓梁涼一臉的問號，朝身邊的林靜說：「真難猜啊，光看表面，連男女都不知道呢！」

　　林靜說：「看走路的樣子，像個女的。」

　　這時燈光突然變暗了。音樂響了起來，旋律很輕快。

　　福氣娃娃開口了：

「夏日，陽光，我們在海邊衝浪，我們歌聲飛揚……」

現場觀眾都是一些音樂愛好者，所以一下就聽出這首歌是什麼了。這首歌叫《夏天的歌》，原唱者是一名資深歌手。

福娃唱得很不錯，還不時做幾個活潑可愛的動作，觀眾掌聲頓時響起！

在一個圓潤的高音之後，福氣娃娃唱完了她的歌。胡萌萌走上台，站在福氣娃娃旁邊，笑着對她說：「唱得真好。我能問一問，你是專業歌手嗎？」

福氣娃娃用加了變音效果的麥克風說：「我不告訴你。」

胡萌萌笑着說：「哈哈，很厲害哦！還想給你一個措手不及，讓你說出線索。」

胡萌萌又問三位嘉賓老師：「你們三位知道她是誰嗎？」

鍾啟明說：「我肯定她是專業歌手。台風、唱腔、高音處理，絕對不是業餘歌手能做得到的。」

梁涼點頭表示認同，又說：「我覺得她應該不超過三十歲。」

林靜說：「我覺得聲音有點熟。很可能是我認識

的人。不超過三十歲的，身高一米六零左右，啊，難道是……」

鍾啟明高興地說：「啊，你猜出來了？」

林靜想了一會兒：「猜不出來。」

胡萌萌笑着說：「好吧，那暫時別猜了。我們請福氣娃娃先下去休息。現在有請下一位參賽歌手，怪獸弟弟！」

參賽歌手頭戴小怪獸面具上台了。他唱的歌是一首很流行的勵志歌曲，唱到最後，有人都忍不住跟着小聲哼起來了。

大家都想看出點什麼，但他實在是遮掩得太嚴了，大家左看右看，都沒能看出一點什麼來。

怪獸弟弟唱得略有不足，比福氣娃娃差了那麼一點點，不過總體來說還算不錯的。大家也給了他熱烈的掌聲。

梁涼對另外兩位嘉賓說：「兩名歌手都是唱流行歌，沒有人敢唱新歌。」

鍾啟明點點頭，說：「是。他們應是對唱新歌沒信心，因為新歌沒有傳唱度，觀眾不熟悉，會影響觀眾的認同程度，進而影響他們的投票意向。」

林靜說：「說得對。唱新歌比較吃虧，除非是一

些很優秀的、一下子就把觀眾吸引住的新歌。」

這時女主持已經上了台，站在怪獸弟弟身邊，她上上下下打量了怪獸弟弟一番，問道：「怪獸弟弟，你真是個小弟弟嗎？你幾歲？成年了沒有？」

怪獸弟弟扭了扭身子，用小朋友的聲音說：「我七歲！」

台上台下都哄笑起來。

女主持人裝出一副震驚的樣子：「七歲長了接近一米八的個子，你是吃什麼奶粉長大的？」

「偏不告訴你。」怪獸弟弟晃着腦袋，一副得意的樣子。

幾位嘉賓老師看得直樂，但他們也是沒能猜出這人是誰。

主持人把福氣娃娃請上台，宣布說：「投票時間到了，請大家拿起投票器，把票投給你認為唱得更好的選手。」

台下觀眾有的毫不猶豫就按下自己喜歡的歌手編號，有的跟坐旁邊的觀眾交流了幾句才按。

舞台大屏幕上顯示的計數器，雙方票數開始不斷攀升，所有人都興奮地看着屏幕。

不斷滾動着的數字最終停了下來，現場六百名觀

眾評審，福氣娃娃獲得三百九十八票，怪獸弟弟獲得兩百零二票。

胡萌萌微笑着宣布：「第一名晉級歌手是——福氣娃娃！」

大家都鼓掌對晉級歌手表示祝賀。

女主持人拍拍怪獸弟弟的肩膀說：「弟弟別灰心，接下來還有一個突圍賽。就是三輪裏被淘汰的歌手進行比拼，最高分的一名可以進入下一期。而在突圍賽中落敗的另外兩位歌手，也還有一個機會，就是參加最後的復活賽。」

在掌聲中第一組比賽的歌手走下舞台。胡萌萌說：「下面是第二組歌手的比賽，有請第一位演唱歌手紅色玫瑰。」

第二組的紅色玫瑰和叮噹貓，唱得也很精彩，最後觀眾投票，紅色玫瑰以五十多分之差被淘汰。

叮噹貓比了一個勝利的手勢，鞠躬退場。

胡萌萌宣布第三組歌手上場：「火星大俠。有請！」

火星大俠真不愧是大俠呀，長得又高又壯，他的歌聲跟他的體格一樣嚇人，雄厚高亢。一曲唱完，梁涼老師忍不住笑問：「火星大俠，你是籃球運動員

嗎？」

　　火星大俠張嘴就想説什麼，但馬上又住了嘴，哈哈笑了兩下，説：「我像嗎？您説是，那我就先承認了。」

　　胡萌萌笑着走過來，説：「請大俠先下去休息。下面有請最後一位參賽歌手，白兔哥哥。」

　　身穿白色T恤，藍色牛仔褲的白兔哥哥上場了。不知為什麼，他從舞台側走出來的時候，好像猶豫了一下，似乎有點怯場，但馬上又以堅定的步子，走到了舞台中間。他低着頭，穩定一下情緒，然後朝樂隊點了點頭。

　　悠揚的樂聲響了起來，白兔哥哥把麥克風放近嘴邊，唱了起來：

　　「我的世界因為有你才會美，我的天空因為有你不會黑……」

　　一開腔，就把所有人都吸引住了。這歌手，聲線清亮，高亢而不失細膩。唱得太好了。而且這首歌，好像從沒聽過，是新歌呢！但是，好好聽啊，不像有些原創新歌，要經歷一段時間，慢慢地才能讓人喜歡上。

　　「這是誰呀？」梁涼臉上帶着驚喜，「唱得太好

了。」

林靜全神貫注地聽着，她眼含着淚花，她知道這是誰，她心裏暗暗為這歌手喊加油。

白兔哥哥繼續唱着，他好像在找什麼，視線落在舞台下右側一個地方。那裏站着一個小小的女孩，正仰着臉靜靜地看着他。白兔哥哥心裏一暖，感情更加投入地唱着：

「……是你讓我變堅強不怕受傷……」

「唱得不錯！歌也好聽。以前好像沒聽過，應該是原創歌曲。」梁涼忍不住叫好。

鍾啟明點點頭：「是很好聽，不知是哪位高手寫的。這歌手是誰呀？他先天條件很好，但氣息好像略嫌不夠穩。」

白兔哥哥的歌聲仍在回響：

「……你的笑你的淚，是我築夢路上最美的太陽……」

歌聲在深情的演繹中結束。

「嘩嘩嘩……」掌聲雷動。

鍾啟明搶着問道：「白兔哥哥，你究竟是業餘歌手還是專業歌手？說你業餘吧，你聲音那麼好，沒理由不做歌手；說你專業吧，但你在技巧方面又好像還

有點稚嫩。」

　　白兔哥哥還沒回答，梁涼又迫不及待地問：「你的聲音，很乾淨，很清亮。如果你是業餘的，我建議你全職做歌手，你別浪費了。至於你的唱歌技巧，稍為找老師點撥一下，就會完美的。」

　　梁涼說完，突然發現身旁的林靜有點不對頭：「咦，小林，你怎麼哭了？你認識他？知道他是誰？」

　　林靜趕緊擦了擦眼淚，說：「噢，我不知道。我是被他的歌聲打動了。」

　　這時鍾啟明又忍不住問：「你這首歌是原創的嗎？這位高手是誰？可以說嗎？」

　　嘉賓老師說話時，白兔哥哥一直靜靜地聽着，聽見鍾啟明這樣問，便回答說：「他叫鍾國仁。」

　　「鍾國仁？沒聽過呀！看來，高手在民間呀！」鍾啟明感歎地說。

　　主持人笑着說：「看來，嘉賓老師對白兔哥哥評價不錯哦，下面我們就來看看觀眾的態度怎樣。請火星大俠上台，讓觀眾投票。」

　　高大的火星大俠上台了，他笑嘻嘻地對白兔哥哥說：「兄弟，唱得不錯。加油！」

　　白兔哥哥説：「謝謝！你也唱得挺好的。」

　　主持人説：「下面又是緊張的投票時間了，請大家用你手中的投票器，選出你喜歡的歌手。」

　　觀眾開始投票，大家都興奮地看着舞台大屏幕，計數器上雙方票數開始不斷變換，一會兒是火星大俠超前，一會兒是白兔哥哥超前，兩人的票數你追我趕。

　　方子言看着那不斷變換的數字，緊張得握緊拳頭。千萬要晉級呀，不能讓妹妹失望。

　　滾動的數字停住了，投票結束！火星大俠獲得兩百八十八票，白兔哥哥獲得三百一十二票。兩人只差了二十幾票！

　　「耶！」白兔哥哥高興得跳了起來。

　　全場掌聲雷動。

　　舞台上，胡萌萌微笑着説：「第三名晉級歌手是──白兔哥哥！恭喜白兔哥哥。現在宣布，進入下一期比賽的是福氣娃娃、叮噹貓和白兔哥哥。接下來是三位被淘汰歌手的保位賽。」

　　方子言回到後台，小嵐已經等在那裏，方子言跑向妹妹，一邊喊着：「依依，我成功了！我成功了！」一邊伸手把她抱起舉高，原地轉了幾個圈。小

嵐被他轉得像飛起來一樣，不禁哈哈大笑。快樂的兩兄妹，把後台的氣氛都弄得歡樂起來。

「恭喜白兔哥哥！」福氣娃娃和叮噹貓都過來給方子言道賀。

方子言也笑着祝賀他們倆成功晉級。

這時候台上的保位賽開始了。之前被淘汰的三名歌手經過一番比拼，火星大俠突圍而出，成功進入下一期的比賽。

第十二章

嗓子啞了

　　第一期比賽的實況，在第二天晚上播出了，當晚，跟比賽有關的新聞報道鋪天蓋地。

　　「《蒙面歌手》節目新穎有趣，惹來全城熱議，歌手身分成謎。根據嘉賓老師猜測，晉級歌手起碼有兩位是專業的。」

　　「史上最小的經紀人，晉級歌手白兔哥哥的經紀人為歌手的妹妹，年方七歲……」

　　「《蒙面歌手》第一期比賽完滿結束，六名選手中，福氣娃娃、白兔哥哥、火星大俠、叮噹貓成功晉級。」

　　「四位歌手均獲嘉賓老師好評。」

　　「第二期比賽在兩天之後舉行。將有兩名歌手補位。補位歌手水準如何，大家拭目以待！」

　　無數條有關《蒙面歌手》的新聞中，七歲經紀人的那條新聞被頂上頭條，成為一時熱話。所有人都覺

得不可思議，這麼小的經紀人？不是吧，她還要別人照顧呢！

傳媒很想從這位小經理人身上查到白兔哥哥的身分，可惜沒一個人能辦得到。小姑娘太聰明了。

話題人物小嵐，卻對這些不聞不問，她一心一意陪哥哥練歌。

「哥哥，你又唱錯了。用心點嘛！」

「對不起依依，再來一遍。」

「唔，這次好多了。還有，嘉賓老師說你氣息不穩，下次比賽時你要注意哦！」

「好的，依依。」

「噢，這次很好，哥哥，你比賽時這樣唱就行了！」

小嵐就像個嚴格的小老師，指導着哥哥。

方子言也很努力，每天練到很晚才睡。

時間過得飛快，明天就是第二期比賽的日子了。小嵐見哥哥準備得不錯，晚上便不再讓他練習了，讓他早點睡。

第二天早上，盡職盡責的小嵐一大早便起了牀，去拍哥哥的房門：「哥哥，起牀了！」

沒有人應。小嵐有點奇怪，哥哥平時也不是喜歡

賴牀的人，今天怎麼啦？

「哥哥，起牀了！我要去拿早餐了。」小嵐又喊了一聲。

「唔……知道了。」方子言應了一聲。聲音有點啞啞的，還帶着鼻音。

咦，哥哥怎麼了？小嵐心裏有點忐忑。不會是病了吧？千萬別啊！

聽到裏面有走路的聲音，房門「吱呀」一聲打開了，方子言走了出來。只見他皺着眉頭，沒精打采的樣子。他走到客廳的那張小沙發旁，一屁股坐了下去。

「哥哥，你怎麼啦？」小嵐走過去，摸摸哥哥的額頭，「啊，好燙，你發燒呢！糟了糟了，一定是這些日子練歌太拚了。」

方子言無力地攤在沙發上。幾年來他事業一直不順，被公司雪藏，出外打工又常常碰壁，所以經常沒收入，過着有上頓沒下頓的日子。加上心情抑鬱，年紀輕輕身體就不太好，太熱了太冷了太累了，都很容易發燒感冒。自從妹妹回來以後，他心情好多了，身體好像也壯了些。只是底子差，所以累了點就又病了。

方子言惱火地敲了自己腦袋一下。好不容易事業有轉機了，有機會養活妹妹了，沒想到這身體又不爭氣，緊要關頭病了。不過，為了妹妹，自己無論如何都不會放棄的。他聲音嘶啞着說：「沒問題的。依依你放心，我會去比賽的。」

　　小嵐一頓腳：「你病成這樣，聲音都啞了，怎麼唱呀！我打電話替你找醫生。」

　　「尉尉姐姐，我哥哥病了，發燒呢！電視台有醫生嗎？我想帶哥哥去看病。」小嵐打了個電話給陳尉尉。

　　陳尉尉一聽就急了：「啊，白兔哥哥病了！哎呀，糟糕了。現在才七點，醫生還沒上班呢！我馬上打電話給他，讓他早點來。你等我電話！」

　　「謝謝尉尉姐姐。」小嵐放下電話，對方子言說，「尉尉姐姐打電話找醫生了。」

　　方子言張了張嘴，想說什麼，但發現自己說不出話了。咽喉像火燒似的，又乾又疼，他拚命想說話，但卻引來了一陣劇烈的咳嗽：「咳咳咳咳⋯⋯」

　　「哥哥，你別說話了。」小嵐急得快哭出來了，她用小手拍着方子言的背，說，「等醫生來了就好了，醫生會有辦法的。」

方子言無奈地點了點頭，人卻更加軟弱，躺倒在沙發上。

　　小嵐急忙拿了條毛巾，到水龍頭下打濕了，拿出來給哥哥降溫。又倒了杯涼水給哥哥喝。

　　這時，砰砰砰，有人敲門。小嵐也忘了給方子言戴上面具了，她三步並作兩步去開了門，出現在門口的是陳尉尉。

　　陳尉尉一臉焦慮地走進來：「我找到張醫生了，他說馬上回來。他就住附近，十分鐘後就可以到了。」

　　雖然陳尉尉之前見的白兔哥哥都是蒙着臉的，但還是一下就斷定那滿臉通紅、四肢無力攤在沙發上的人是他。陳尉尉並沒有認出眼前的少年就是兩年前那件事的主角，她第一個念頭是白兔哥哥病得不輕，第二個念頭是這少年長得真帥，她走近方子言，很擔心地說：「看樣子病得不輕呢！你肯定是壓力太大，練歌又累了點，所以挺不住了。」

　　方子言喝過水後，嗓子勉強能發音，他用嘶啞的聲音小聲說：「對不起，給你添麻煩了。」

　　陳尉尉說：「不麻煩，這都是我們應該做的。只是你病得真不是時候，要是今天不能參加比賽，就只

能宣布退出了。本來大家對你的表現都挺滿意的，要是你不能繼續參賽，就太可惜了。」

「我可以的。」方子言毫不猶豫地說。

雖然方子言挺堅持的，但陳尉尉心裏卻不看好，病成這樣，情況不妙啊！

正說着，一位男醫生背着出診箱來了。他一進門，看了方子言一眼，聽了聽他粗重的呼吸，就說：「起碼三十九度以上。」

他拿出電子耳探，往方子言耳朵一塞，很快聽到嘀的一聲，拿出一看：「果然，三十九度八。高燒。」

他又拿出聽診器聽了聽心音，看了看喉嚨，說：「重感冒，還有肺炎徵狀，得臥牀休息。我給你開些消炎和退燒的藥，看今天能不能轉好，如果效果不明顯，你得住院治療。」

「不，我不能休息。我撐得住，能參加比賽。」方子言掙扎着坐了起來，小聲說。

「哥哥，聽醫生話，你不能參加比賽了。你得休息。」小嵐趕緊按住方子言。

陳尉尉也說：「是呀！你即使能堅持上台，但你說話都這麼困難，還怎麼唱歌？去參賽也肯定被淘

汰。算了，退出吧！你還年輕，今後機會多着呢，別唱了別唱了。」

「不，我不退賽！」方子言一把抓住醫生的手，說，「我不能退賽。醫生，請給我打咽封閉針。我知道有歌手由於失聲打過封閉針，打了就能唱了。」

「打咽封閉針？什麼是封閉針？」小嵐不明白。

醫生說：「封閉針，就是把藥物打進痛點，切斷病變部位的神經傳導，緩解疼痛。」

小嵐嚇得睜大眼睛：「啊，那咽封閉針豈不是要往咽喉打針！太可怕了！」

醫生嚴肅地對方子言說：「打封閉針，是能起到消炎止痛作用，不過我不贊成你打。因為你嗓子的情況比較嚴重，打封閉針後也未必能唱好歌。」

方子言請求說：「我想……試試。醫生，求你了！」

醫生定睛看了他一會兒，歎了口氣說：「比賽真的那麼重要嗎？病成這樣了，還這麼固執。好吧，就給你打一針試試。」

醫生從藥箱拿出針筒和一應藥劑，調試好後，便扎進了方子言脖子上咽喉的位置。

小嵐的眼淚嘩地流了出來，她看着都覺得痛啊，

可哥哥是直接扎在脖子上，扎進咽喉裏，那該多難受啊！

身邊的陳尉尉捂着眼睛不敢看。

醫生把針頭抽出來，對方子言説：「你試試唱歌。」

方子言清了清嗓子：「咳咳。我……藍天，我愛……雲……」

嗓子全沒了之前的清亮高亢，而是沙啞、低沉，其中還有斷音，別説是參加競賽，即使是讓人聽着都難受。

方子言臉上滿是沮喪，但他還是拚命地唱、唱：「我愛……藍天……雲，我……咳咳咳……」

方子言咳到滿臉通紅、眼淚都流出來了。

小嵐忍不住哭着説：「哥哥，我求你了，別唱了！」

方子言摸摸妹妹的腦袋，神情沮喪，眼裏滿是絕望。本以為可以藉着參加這次比賽，重頭再來，簽約新公司，掙錢養活妹妹，讓妹妹過上好的生活，沒想到天有不測之風雲，竟然在緊要關頭生病。

難道，命運真的注定自己要失敗？上天真的不給自己機會？！

自己可以潦倒一生，但妹妹怎麼辦？

一想到妹妹，方子言覺得勇氣又回到自己身上。

向命運挑戰，不信天，不信地，信自己！

第十三章

第二次晉級

　　方子言要求醫生再給他打一針。

　　「啊！」醫生大吃一驚，「你不知道嗎？打封閉針兩次之間一般要間隔七到十四天，你剛打完，又打？！這樣有可能會對你身體造成損害的。」

　　陳尉尉也忍不住了：「白兔哥哥，你瘋啦！比賽就那麼重要嗎？連命都不要了！」

　　「哥哥，聽醫生叔叔話，別打了！」小嵐流着淚勸道。

　　「依依，別……阻撓我。沒事的。」方子言拍拍小嵐的肩膀，又對醫生堅決地説，「醫生，替我打吧，出了問題我自己負責。」

　　醫生歎了口氣：「好吧，祝你好運。」

　　醫生低頭調配着藥物，嘴裏還嘀嘀咕咕地：「真是個小瘋子。犯得上這麼拚嗎？！」

　　小嵐流着淚看着哥哥。不了解方子言的人，都會

認為他瘋了，為一場比賽冒這麼大的風險。但小嵐明白，他這麼拚命是因為什麼。

看着針頭又一次插進了方子言的喉嚨，小嵐的眼淚流得更多。她心裏暗暗祈禱，希望方子言能唱歌，能拿到好成績，不負他忍受這樣的痛苦、作出這樣的拚博。

方子言眼睛眨也不眨的，無比鎮定地讓醫生打完了第二針，只有他自己知道有多麼痛。但他不敢露出絲毫痛楚表情，他不想讓妹妹擔心。

「好，打完了。真是個好樣的小伙子。願上天保佑你。」醫生不禁為方子言的堅強所感動，他放下手裏的針筒，示意方子言唱幾句。

「我愛藍天白雲……」咦，好多了，起碼不會在唱歌中間有失音的情況出現了。但是，卻失去了少年人聲音的清亮，變得沙啞低沉，而且高音上不去。

醫生拍拍方子言的肩膀，安慰説：「年輕人，你是好樣的。希望你能創出奇跡。」

陳尉尉歎了口氣，覺得挺心疼的。方子言忍受那麼大的痛苦，如果最後還是無法改變被淘汰的命運，那就太可惜了。她對方子言説：「好好休息，等會兒上台要留意護着自己嗓子，別太拚了。」

說完，跟在醫生後面走了。

小嵐關上門，回身看着方子言不甘心的眼神，說：「哥哥，原先定好的那首歌你沒法唱了。換歌吧，我給你一首適合你現在嗓子狀況的歌。」

「真的？」方子言眼睛一亮。

小嵐點點頭：「只是沒排練過，樂隊不能給你伴奏了。不過，我這首歌很適合用吉他自彈自唱。」

方子言馬上說：「那行！我可以彈吉他。」

小嵐馬上拿出紙筆，很快寫了一首歌，交給方子言。

第二期比賽開始前三十分鐘，小嵐和方子言按要求來到了後台休息室。在第一期成功晉級的福氣娃娃、叮噹貓、火星大俠，還有新加入的兩名歌手都已經到了，正和陳尉尉說着話。

見到方子言到來，陳尉尉關心地問：「白兔哥哥你覺得怎樣？能頂得住嗎？」

「謝謝，我行的！」方子言用沙啞的聲音回答。

陳尉尉點了點頭。她看得出方子言現時的情況並不比早上好，心裏暗暗歎了口氣。

其他歌手可能之前已經聽到了他生病的事，這時也都紛紛過來問候。方子言不想多說話，便由小嵐代

他一一向歌手致謝。

第二期的比賽，原來晉級的四名歌手加上補位的兩人，還是六名參賽者。比賽規則跟第一期一樣，還是兩兩對決。通過抽籤，分成三組，方子言這回在第二組。

第一組比賽的是火星大俠和一名補位歌手，經過角逐，火星大俠以大比數贏了新補位歌手，成功晉級。

輪到第二組出賽了，首先出場的是叮噹貓，他唱了一首民歌，很有原生態的味道，博得了觀眾很熱烈的掌聲。

當主持人宣布，下一位參賽歌手是白兔哥哥時，台下觀眾都充滿期待。第一期比賽播出之後，很多人認識了這位聲音清越的年輕歌手，大家都很好奇，很想知道，叮噹貓跟白兔哥哥相比，哪個晉級的可能性更大。

但知道兔子哥哥身體出問題的人都在想，這回他肯定會輸給叮噹貓了。

主持人報完幕後，方子言戴着白兔面具，拿着吉他走上舞台，他走得很緩慢，腳步還有點飄。台下的人見了都覺得很奇怪，白兔哥哥怎麼了？明明是個年

輕小伙子，但今天怎麼動作遲緩，像一個上了年紀的人。

主持人知道內情，她對觀眾說：「白兔哥哥今天病了，發燒差不多四十度，但他堅持參加比賽。大家鼓掌給白兔哥哥一點鼓勵。」

台下觀眾都鼓起掌來。有人還大聲喊：「白兔哥哥加油，白兔哥哥加油！」

方子言好像連回應的精神都沒有了，他只是對大家微微點了點頭。好不容易走到了舞台中間，那裏早已擺了一張椅子。方子言坐到椅子上，他覺得頭有點眩暈，腦子都有點不清醒了，他不禁對自己產生了懷疑，真的能整首歌唱下來嗎？

突然，他從觀眾喊聲裏聽到了一把稚嫩的聲音：「哥哥，加油！」

方子言聽到了，那是妹妹的聲音。他抬起眼看向聲音發出處，只見妹妹坐在前排一張椅子上，正使勁喊着，大眼睛亮亮地看着自己。

方子言突然感到身上又有了力氣，他抬起手，在吉他弦上撥出了一段優美有力的前奏。然後開腔了。緩慢抒情低聲的吟唱，令歌曲充滿淡淡的溫暖與憂傷：「……我曾經跨過山和大海，也穿過人山

人海⋯⋯我曾經失落失望，失掉所有方向，直到看見平凡⋯⋯」

全場一片安靜，人們都安靜地聆聽着那輕輕的、感人的吟唱，生怕漏掉了一句半句。他們在平穩的旋律中享受歌手的平靜與真摯，還有在迷茫中尋找方向的那種堅持。

這是著名歌手朴樹唱的一首歌，本來歌中也有幾處音調稍提高的地方，但小嵐怕方子言的嗓子提不上去，給改了一下。使整首歌既能保持優美動人，但也更為平緩，好讓方子言在嗓子出問題的情況下能順利表演。

白兔哥哥終於完成了整首歌的演唱，正因為他的嗓子有點沙啞，更配合曲子和歌詞內容，唱出了滄桑和迷惘，更能撥動聽者的心弦。

「嘩啦啦⋯⋯」掌聲如雷，台上台下，以及工作人員，都給了白兔哥哥熱烈的掌聲。這是對他這次演唱的肯定和讚揚。

方子言用吉他撐着身體站起來，朝觀眾微微鞠了一躬。

主持人走上台，說：「謝謝白兔哥哥的傾力演出。他的精神值得大家學習。下面，又到了投票的時

候了，請叮噹貓上場。我要特別提醒一下觀眾，為公平起見，希望大家都着眼於歌手本身的演唱水準，給出正確的分數。」

方子言點頭表示贊同。他希望如果自己贏了這場，是因為自己唱得好，而不是因為自己生病而得到觀眾的同情票。

開始投票了！

屏幕上的計分器在兩名歌手的名字下面不斷變換着，一會兒是叮噹貓票數高，一會兒是白兔哥哥票數高，緊張刺激引來觀眾一陣陣驚呼。

最後數字定格在：叮噹貓二百五十一票，白兔哥哥三百四十九票。

白兔哥哥贏了！

全場掌聲起，台下觀眾大聲喊着：「白兔哥哥！白兔哥哥！白兔哥哥……」

但方子言已經用盡了力氣，最後是主持人扶着他回到休息室的。

陳尉尉已把醫生請來待命，醫生一見方子言情況，又是生氣又是佩服。醫生本來要方子言住院，他死活不肯，怕耽誤練歌，醫生只好千叮萬囑要他注意休息。

第十四章

人氣歌手

幸好方子言年輕，所以兩天之後身體便好起來了。到第三天，就完全痊癒了。

《蒙面歌手》進入第三期、第四期、第五期的比賽……

隨着一期又一期的節目播出，《蒙面歌手》越來越受歡迎，成了國內最熱門的綜藝節目。歌手們的傾力演出，歌手們謎一樣的身分，都引起了社會極大的反響。

大家都在猜測，一直沒被淘汰、高歌猛進的福氣娃娃、白兔哥哥等幾名歌手是誰？以致《蒙面歌手》比賽的期間裏湧現了無數「福爾摩斯」業餘偵探，他們從歌手的動作、身形、歌聲，甚至從他們的經紀人身上，希望找到一點蛛絲馬跡。

但這些「福爾摩斯」無一例外的失敗了。歌手們把自己隱藏得太好了，面貌身形全遮住，唱歌時聲音

也作了變化，所以都無法看出他們是誰。

大熱的節目，社會的關注，也捧紅了參賽的歌手，許多娛樂公司、電視台都盯着自己喜歡的歌手，準備好合約，準備總決賽一結束就馬上搶人。

方子言每場的表現都不錯，每期都能晉級，得到了不少觀眾的喜愛。網上有了不少歌迷，大家都親切地叫他白兔小哥哥。

很快第六場比賽到了，這是很關鍵的一場。在這場比賽中脫穎而出的四名歌手，將直接進入半決賽。

第六場比賽的前一天晚上，網民們就在網上議論紛紛：

「我看好福氣娃娃。看她的台風，她的歌聲，我猜她肯定是一位極受歡迎的專業歌手。她肯定能進入決賽。」

「我看好白兔小哥哥。他雖然看上去有點清澀，但嗓子的先天條件很不錯。另外很難得他每首演唱的歌都是原創，而且都很好聽。這點會讓他更受觀眾歡迎。」

「直到目前來說，福氣娃娃和白兔哥哥的確是在領先地位，但聽說第六場的補位歌手很厲害呢，說不定就把他們擊敗了。」

「我喜歡白兔小哥哥，我做定他粉絲了。即使我無法做現場觀眾，但決賽時增加的場外觀眾投票環節，我一定參加，務必投白兔小哥哥一票。」

「喜歡加1。」

「喜歡加2。」

「我喜歡福氣娃娃！我會投她一票。」

「我喜歡新晉級的理想之樹！」

「……」

歌迷們在網上的討論，直到深夜還沒停下來。

比賽當天早上，小嵐跟之前的五場比賽一樣，早早起了牀，去電視台的餐廳領來了自己和方子言的早餐。

餐廳的員工都認識了這個小小經紀人，每次見到她都親切地打招呼：「白兔妹妹，來領早餐啊。真乖！」

「這麼小就這樣懂事，要是我有這樣的女兒就好了！」

「小妹妹，來姐姐這裏，我給你準備食物。」

餐廳負責分派食物的姐姐朝小嵐招手，然後熟練地把裝了食物的幾個外賣盒放進袋子裏，遞給小嵐：「拿好。裏面有兩杯飲料呢，別灑了。」

「謝謝姐姐！」小嵐笑嘻嘻地道了謝，拎着東西走了。

回到宿舍，方子言已經起了牀，見到小嵐拿了早餐回來，有點不好意思地說：「依依，本來應該哥哥照顧你的，現在反而……」

小嵐說：「沒事哪！你要保持神秘感嘛，這些事還是我來做吧！別的歌手都是經紀人做的。」

方子言說：「可是，你那麼小。」

小嵐扮了個鬼臉：「別小看小孩子。人家曹沖稱象的時候比我現在還小呢！好啦好啦，你繼續裝神秘，由我來照顧你。等結束了，我就啥事不管，做小皇帝，小公主。」

方子言說：「哥哥一定努力，爭取好成績，找到好工作，讓你將來像公主一樣生活。」

小嵐說：「嗯，我相信。哥哥加油！」

方子言又問：「依依，今天的幫幫唱，你還要再排一次嗎？」

小嵐說：「不用了。反正等會還要跟樂隊排一次。」

第六期增加了一個「幫幫唱」的環節。就是由歌手自己請人來幫忙，合作演出，給自己的比賽加分。

方子言在娛樂圈也沒有朋友，所以就讓妹妹來幫幫唱。他覺得妹妹的聲音很不錯，雖然缺乏訓練，唱起來不是那麼完美，但那清脆純真的童聲，聽起來真有天籟的感覺，別有一番動人。

因為是預賽的最後一場，演出前總導演童暉親自前來給歌手打氣，預祝他們成功晉級進入半決賽。

開演了，女主持人走上舞台，簡單說了開場詞，便宣布：「今天這場比賽的第一組第一位表演歌手，是理想之樹。有請！」

理想之樹看上去是個很活躍的人，他戴着一個小醜面具，跳着蹦着走上舞台，站定後，大聲宣布：「有請我的幫唱嘉賓，美麗的花兒朵朵上場！」

一個有着苗條身材、臉上戴着花朵圖案面具的女歌手走上舞台，她朝大家一鞠躬，然後笑着說：「大家好，我是花兒朵朵。大家可能很奇怪，像我這樣一個美女，怎麼會給這樣的醜八怪幫唱呢？悄悄告訴你們一個內幕消息，其實我是被強迫來的。所以，我今天決定唱歪了，唱走調了，讓他晉不了級。」

「哈哈哈……」台下觀眾都笑了起來。

「不要不要！我要晉級我要晉級！」理想之樹頓着腳說，「大家要幫我呀，今天即使唱得不好，也要

投我票啊！」

「休想！」台下有人故意説。

引來哄堂大笑。

笑聲中，樂隊奏響了前奏，理想之樹和花兒朵朵唱起來了。他們唱的是一首好聽的男女對唱歌曲，唱得聲情並茂，兩人唱完，台下觀眾都使勁鼓起掌來。

「他們唱得不錯。哥哥，有信心贏嗎？」小嵐問。

方子言看看妹妹，説：「和妹妹一起唱歌，信心比平常多了十倍！」

小嵐咧開小嘴，笑着説：「好，咱們一起努力，用十倍的信心去爭取勝利。」

工作人員拍了拍方子言：「白兔哥哥，到你們了。」

「好。」方子言又對小嵐説，「你先在通道口等着，我請幫唱嘉賓上台時，你才上場。」

「嗯。」小嵐點點頭。

第十五章

身分暴露

　　方子言大步走上舞台。他充滿信心，一定要贏了今天這一場，進入半決賽。

　　小嵐看着哥哥，覺得他今天特別有鬥心，她覺得哥哥一定會贏。

　　可是，事情就那麼的令人猝不及防，就在方子言快要走到舞台中間時，方子言白兔面具的扣子突然鬆脫，啪一下掉了下來。方子言的真面目，一下子暴露在所有人面前。

　　方子言被這突然事件弄得呆住了。現場的人也呆住了。

　　全場靜默兩分鐘，突然有人高喊：「方子言！是方子言！」

　　台上台下，還有後台，頓時起了哄動，人們議論紛紛：

　　「啊，方子言！白兔哥哥竟然是方子言！」

「方子言？兩年前上了網上熱搜的那個歌手？」

「那個欺男霸女，差點要判刑坐牢的壞孩子！」

「……」

兩年前的欺凌和傷人事件鬧得很大，萬家富為了抹黑方子言，買通了許多新聞傳媒機構，歪曲事實，詆譭方子言的名聲，影響範圍之廣可以說是前所未有。萬家富是富豪兒子，有錢有勢可以為所欲為；而方子言只是一個孤苦伶仃的孤兒，又有誰幫他發聲？所以他惡名就坐定了，在所有人心目中他就是個社會敗類、不良少年。

站在台側準備上台幫唱的小嵐，一開始也慌亂起來。方子言身分被發現了，怎麼辦？

聽到身後主持人和童暉等幾人在商量：

「真沒想到，白兔哥哥是方子言。」女主持人說。

「童導，現在怎麼辦？他肯定唱不下去了。」節目監製說。

「讓他退出吧！他只要一開腔，觀眾肯定喝倒彩，把他轟下台。倒不如現在讓他退出。」

童暉點點頭：「那好吧！胡萌萌去把他帶回後台。」

小嵐聽到這裏，瞬間作了一個決定。不能讓方子言就這樣下台，讓他唱，用他的歌聲打動觀眾，事情仍有一線生機。如果他就這樣黯然退出，就一輩子都抬不起頭來了。

　　小嵐在胡萌萌走上台之前，邁開堅定的步伐，走上了舞台。她一邊走，一邊扯下了自己的小白兔面具，她要和哥哥一起直面觀眾。

　　台下觀眾正在用沉默，向台上那個壞孩子發出無言的抗議，卻意外地看到一個美麗、高貴得小天使般的小女孩，一步一步地走了出來。

　　小天使身穿白色小紗裙，身後有一對白色的綴滿小星星的小翅膀，烏黑的頭髮瀑布般披在肩上，精緻的瓜子臉上有一雙亮得像黑曜石一樣的杏核眼，小嘴就像剛剛盛開的紅色玫瑰花。

　　這、這、這，這哪裏來的美麗純潔的小天使！台下觀眾全都驚呆了。

　　方子言沒想到妹妹會自己跑上台來。他低下頭，用悲傷的眼神看向她。他沒想到自己希望重頭來過的願望，就這樣猝不及防地被打碎了。

　　小嵐把自己的小手放進方子言的大手裏，用堅定的眼神看着他：「哥哥，咱們唱好這首歌，要唱得比

之前都好。」

妹妹手上的温度，暖和了方子言的心，勇氣好像又回到了身上，他點了點頭：「嗯！」

方子言拉着小嵐的手，兩人在一張預先擺放在台上的雙人椅子上坐了下來。方子言轉頭向樂隊點了點頭，示意可以開始了。

樂隊指揮猶豫了一下，看向舞台側，那裏站着總導演童暉、女主持人，還有幾名節目組成員。

童暉一臉凝重，他沒想到幫唱的小女孩會自己跑上了舞台，他默默地看着舞台上那兩個相互依偎着的身影，沉思一會，然後朝樂隊指揮點了點頭。

樂隊指揮收到了指令，便舉起雙手，朝樂隊一揮。

音樂起。

椅子上，方子言和小嵐對望着，方子言唱道：

「每當我心情低落，我的精神是如此疲憊。當煩惱困難襲來之際，我的內心苦不堪言。然後，我會在這裏靜靜等待，直到你出現陪我坐一會兒……」

他的聲音清澈乾淨，如涓涓細流，悅耳動聽，飽含深深的情感，配上樂隊委婉動人的愛爾蘭風笛，讓觀眾們全都驚呆了、沉醉了。很多人瞠目結舌的，為

這首從沒聽過的、有着無以倫比魅力的歌曲所震驚。

　　方子言唱的，是小嵐原來那個世界裏，風靡全球的愛爾蘭歌曲《你鼓舞了我》。

　　方子言拉着小嵐的手站了起來，慢慢地走向舞台中央，他的聲音變得高亢、振奮：

　　「有你的鼓勵，所以我能攀上高山之巔；有你的鼓勵，所以我能越過狂風暴雨的大海。當我倚靠着你時，我是如此堅強，因為你的鼓舞，讓我超越了自己⋯⋯」

　　觀眾們全都情不自禁地鼓起掌來。

間奏過後，小嵐舉起麥克風，唱了起來：

「有你的鼓勵，所以我能攀上高山之巔；有你的鼓勵，所以我能越過狂風暴雨的大海。當我倚靠着你時，我是如此堅強。因為你的鼓舞，讓我超越了自己……」

小女孩的歌聲，有如天籟，在音樂大廳的上空環繞，讓觀眾彷彿聽到了天使的聲音。

方子言和小嵐一齊唱了起來：

「有你的鼓勵，所以我能攀上高山之巔；有你的鼓勵，所以我能越過狂風暴雨的大海。當我倚靠着你時，我是如此堅強。因為你的鼓舞，讓我超越了自己……」

雖然只是兩個人的合唱，但卻給人一種氣勢磅礴的感覺，歌聲充滿感恩，給人鼓舞，給人一種無畏的力量。

兩人唱完後，方子言蹲下來，把小嵐摟在懷裏，淚流滿面地說：「依依，謝謝你鼓舞了我！」

人們靜靜地看着台上兩兄妹相擁的感人場面，突然，聽到有人鼓起了掌，接着，是第二個人，第三個人……到最後，掌聲如雷，巨大得彷彿可以衝破音樂廳的屋頂。

突然有人大喊一聲：「方子言，加油！」

那是坐在前排的滿臉淚水的林靜。

「孩子，加油！」一把蒼老的聲音喊着，那是坐在林靜身旁的梁涼在喊出心底話。

「方子言，加油！方子言，加油！」觀眾席上，無數人一起高喊。

「謝謝，謝謝！」方子言站了起來，流着淚，向人們長久地鞠躬。

舞台側，童暉等人神情激動，童暉喃喃説着：「唱得太好了！偏偏這孩子……真可惜，真可惜！」

他對主持人説：「萌萌，按原來程序進行吧！把理想之樹叫上來，讓觀眾投票。」

「嗯。」胡萌萌擦了擦眼角的淚水，走上舞台。她摸摸小嵐的腦袋，説，「小妹妹，你先下去。」

小嵐點點頭，走下舞台。

「下面，請出上一位比賽的歌手，理想之樹。」

主持人接着説：「又到了給歌手投票的環節，請大家拿起你的投票器，給你認為唱得好的歌手投上一票。」

觀眾開始投票了。屏幕上的兩名歌手名字下面的數字在不斷變換着。很快，理想之樹領先了，最終結

果，方子言輸了。

　　方子言眼裏含着淚水，那不是難過的淚，而是喜悦的淚。在身分暴露之後，仍有二百多名觀眾把票投給了他，認可他，這讓他很感動。他知道，這裏有很多是妹妹給他掙的分。

第十六章

我怎麼飛也飛不高

　　當天晚上，幾乎所有新聞媒體都報道了白兔哥哥身分暴露的事，惹來全城熱議：

　　「還以為白兔哥哥肯定能殺進總決賽，沒想到會是這樣的結果。」

　　「抵制方子言，請節目組把方子言趕出《蒙面歌手》節目！」

　　「欺凌小女孩的不良少年沒資格參賽！」

　　「事情都過去兩年了，也得給人一條活路。人家改了不行嗎？」

　　「贊成！那首《你鼓舞了我》唱得多好啊！小天使妹妹多可愛呀！看在小天使妹妹份上，我贊成給方子言改過自新的機會。」

　　「方子言唱功比以前更出色了，如果埋沒了實在可惜。」

　　「江山易改，本性難移。不相信他能改好，堅決

抵制方子言！」

　　一時間，支持方子言的，反對方子言的，都在網上留言，爭論不休。

　　同一時間，劉彬工作室，方子言兄妹暫時的家。

　　因為方子言的身分已經暴露，所以他們乾脆不在電視台住了，回了劉彬工作室。錄音室設備齊全，方便練歌。

　　小嵐不讓方子言上網，不想讓那些言論刺激他。下一期是突圍賽，歷場比賽中被淘汰的歌手，還有在半決賽中被淘汰的歌手進行比賽，選出其中三位進入總決賽。

　　方子言在妹妹的督導下，比以往任何時候都認真，一絲不苟地練歌，他決心要掙脫命運的擺布，衝出困境，為自己、為妹妹走出一條路來。

　　期間，林靜和劉彬都分別給了方子言很多的鼓勵和幫助。

　　日子在飛快地過去，突圍賽的日子到了。雖然方子言的身分已經暴露，但他還是按照節目的規定，戴上了白兔面具。當他牽着小嵐的手，來到後台休息室時，大多數歌手已經到了，但沒有人跟他說話。方子言直接無視，他拉着小嵐，坐到了一個安靜的角

落裏。

這場突圍賽，是由參賽的八名歌手由一到八逐一上台演唱一首歌，然後由觀眾投票，最高票的三名，進入總決賽。

八人進三人，希望還是很大的。所以歌手們躍躍欲試，決心取得一個席位。

陳尉尉拿來一個籃子，籃子裏放着八個信封，請經紀人伸手進去取一個。

陳尉尉說：「大家注意了，拿到信封後，先別打開看。」

小嵐氣定神閒的，等其他人都拿了，她才去拿了最後剩下的一個。

陳尉尉解釋了一下：「信封裏有一張紙條，上面寫有數字。這數字就代表歌手出場順序。下面大家可以打開信封了。」

一個急性子的經紀人匆忙打開信封，拿出一張紙條，打開一看：「啊，天哪天哪，一號，這回死定了！」

一般這樣的比賽，是越早演出就越糟糕，因為唱到後來，觀眾對前面唱過的歌手印象都淡了，所以歌手們都希望自己拿到後面的號。

小嵐打開信封，自己都還沒瞧清楚，就被旁邊一個經紀人看到了：「哇，小妹妹運氣真好，八號呢！」

　　小嵐呲着小虎牙笑得很開心，她把紙條給哥哥看，方子言一看自己是最後一個演唱，是最有利的出場序，臉上不禁露出了笑容。他摸摸小嵐的腦袋，說：「謝謝依依。依依真不愧是哥哥的小福星。」

　　比賽開始了，歌手們都使出渾身解數，因為如果突圍失敗，就不能再參加比賽了。第一名歌手，第二名歌手，第三名歌手……一直唱到第七名歌手，大多人都唱得很不錯，這表示了今次突圍賽競爭很激烈，每個人都有可能進入總決賽。

　　輪到方子言了，小嵐跟哥哥一擊掌，跟他說了聲「加油」，然後方子言就上了台。

　　方子言一走上舞台，就聽到了很多噓聲，這令他腳步頓了頓。但他又很快地穩步走着，走到了舞台中間。

　　絕不能受這些人影響！他深深吸了一口氣，然後向樂隊示意開始。

　　前奏響起。方子言眼前掠過這幾年經歷的一幕幕，有憤怒，有悲傷，有快樂，也有痛苦。他感到很

無奈，為什麼生活的道路總是那麼難走？為什麼自己沒做過壞事卻要受到那麼多的責難？為什麼自己要努力要奮起卻困難重重？為什麼妹妹小小年紀要陪着自己受苦？為什麼？為什麼？

悲憤和無奈深深地壓在他心頭，令他想吶喊，想怒吼，想問問上天為什麼對自己那麼不公平！

前奏結束，他拿起了麥克風，把自己的悲傷和無奈融入了歌聲：

「有時候我覺得自己像一隻小小鳥，想要飛，卻怎麼樣也飛不高……」

全場觀眾被方子言的歌聲震憾了。本身這首歌很好聽，歌手又感情飽滿，每一句歌詞，每一個音符，都表達了「想要飛卻怎麼也飛不高」的無力感和悲傷。

「每次到了夜深人靜的時候我總是睡不着……幸福是否只是一種傳說，我永遠都找不到……」

父母雙亡、小小年紀就出來社會拚搏；還未展翅高飛，翅膀就被折斷；處處碰壁、連小妹妹也無法照顧，令方子言的歌聲裏充滿了悲哀。

歌聲擊中了人們內心那一塊柔軟的地方。人都是有同情心的，看着台上那個含着熱淚的傷感的少年，

很多人的眼裏都含着淚花。

「嗚嗚嗚……」有觀眾忍不住哭了。

林靜大聲叫道：「方子言，不哭！」

梁涼喊道：「孩子，從頭來過吧！」

鍾啟明大聲說：「亡羊補牢，未為晚也。支持你！」

更多的人喊了起來：「子言不哭！子言不哭！」

方子言哽咽着，唱完了整首歌。當他向觀眾深深鞠躬時，全場爆發熱烈掌聲。站在台側的小嵐，含着眼淚笑了。

八位歌手全部表演完畢。觀眾開始投票，三名晉級歌手產生了，方子言名列其中。他用他的年輕悅耳的歌聲，用他飽滿的感情和勇氣，贏得了很多觀眾的支持和讚賞。

正當方子言充滿信心，用全部精力為總決賽備戰時，網上颳起了一股倒「方」的狂潮。

這股狂潮的推動者，就是兩年前打人事件的所謂「受害人」，剛從國外回來的萬家富。

兩年前，他的父親在弄清楚了整件事之後，對這個兒子的所作所為很生氣，但礙於親情他還是昧着良心默認了萬家富的顛倒黑白。不過沒有答應萬家富把

方子言弄進監獄的要求，而是向警方求情，把方子言拘留十多天後釋放了。

　　萬家富沒把方子言弄進監獄，很不甘心，於是利用傳媒抹黑他，令所有人都知道方子言是一名欺男霸女的不良少年。後來，萬家富的父親就強制命令他去了外國讀書。一讀兩年，早幾天回家，在他父親公司擔任副總裁。他對方子言打了他還耿耿於懷，希望回來後見到方子言成了過街老鼠人人喊打，落泊潦倒，最好是淪落到在街頭行乞。

　　但萬萬沒想到，一回來就從新聞傳媒中知道了，方子言得到許多人支持晉級《蒙面歌手》總決賽的事。他好氣呀，氣得用腦袋撞了幾次牆。摸着頭上撞出來的大包，他做了個決定，就是出錢聘請大量「水軍」。在網上重提當年舊事，一定要讓方子言無法踏上總決賽舞台，即使能踏上舞台也沒有人給他投票，讓他一敗塗地，永遠不得翻身。

　　一時間，千百名水軍湧上《蒙面歌手》的官方網站，湧上各民間論壇，抹黑方子言，搧動不明真相的人抵制方子言。

　　「抵制不良少年！莫讓不良少年沾污《蒙面歌手》舞台！」

「警惕不良藝人教壞青少年！」

「呼籲罷看《蒙面歌手》總決賽，罷看白樺電視台節目。」

「方子言滾出娛樂圈！」

「……」

第十七章

你是我的小太陽

　　方子言到底只是一個十七歲的少年，這鋪天蓋地的抹黑唱衰，讓他情緒低落、十分沮喪。這天晚上，他一個人靜靜地坐在窗前，用黯然的目光，看着漆黑的天空。雲遮霧掩，月亮不見了，星星也不見了，方子言悶悶不樂的，心情就像這天空一樣暗淡無光。

　　小嵐走過去，什麼也沒說，只是把自己的小手握住了哥哥的手。

　　方子言低頭看着妹妹。慢慢地，他的眼睛又有了神采，又有了光亮，妹妹就像個小太陽一樣，溫暖了他的手，他的心。

　　「哥哥，加油！那些人罵得越兇，我們就越要爭氣。拿出好成績，給他們一記響亮的耳光。」

　　「好！謝謝妹妹。」

　　「鈴……」方子言的手機突然響了。

　　方子言一看，電話顯示是節目組的陳尉尉。他馬

上接聽：「陳小姐，什麼事？」

「方子言，電視台讓我通知你……」陳尉尉有點吞吞吐吐的。

「通知我什麼？」

電話那頭，陳尉尉歎了一口氣：「方子言，對不起。我知道這對你很不公平，但是我又無法幫你。電視台決定，取消你的總決賽資格，你不用來參加比賽了。」

「啊！」方子言大吃一驚，他憤怒地說，「為什麼？」

「網上有幾千人搞事，搧動罷看《蒙面歌手》總決賽，除非你退出比賽。節目的贊助商和廣告商怕因此收視率大跌，影響他們投放的廣告傳播效果，所以對電視台施加壓力。電視台沒辦法，只好作了這個決定。童導演反對這樣做，跟台長吵了一場，但都改變不了電視台的決定。」陳尉尉無奈地說。

「那……好吧，謝謝你通知。另外，替我謝謝童導演。」方子言默默地關了手機。

電話裏的聲音很大，小嵐全聽到了。她很氣憤，又很難過，她抬起頭，擔心地看着哥哥，看着哥哥那雙又變得黯然的眼睛。

「哥哥，會有別的路的。別放棄！」小嵐給哥哥打氣。但其實她心裏也方寸大亂，不知怎樣帶着方子言走出眼前的困境。

「嗯。」方子言點點頭，看到懂事的妹妹因為他而承受一次又一次的打擊，一次又一次的失望，小小年紀就要學着堅強，不由得一陣心痛。

摸摸小嵐的腦袋，方子言説：「很晚了，睡吧！明天，我們再一起想辦法。」

第二天清早，兩兄妹是被「叮咚叮咚」的門鈴聲吵醒的。

小嵐嗖地坐了起來，睡眼惺忪地坐着發呆。方子言匆匆從雜物房跑了出來，大聲問道：「是誰？」

「是我，劉彬！」劉彬一般都是早上九點多才到錄音室，不知為什麼今天來這麼早。

方子言剛打開門，劉彬就張開雙手，給了他一個擁抱，然後拍拍他的肩膀説：「子言，山窮水盡疑無路，柳暗花明又一村。你別擔心，比賽的路走不成，咱們還有別的路。咱們子言是打不死的小強！」

方子言很感激劉彬的安慰和鼓勵：「謝謝，謝謝彬哥！」

劉彬拉着方子言：「咱們進屋説。」

走進會客室，劉彬給小嵐打了個招呼：「早啊，小朋友！」

然後劉彬笑得一臉燦爛，他往小嵐身邊一坐，說：「今天我是來告訴你們一個好消息的。你們知道子言那三首歌上載上網後有多少下載量嗎？」

噢，原來是搜歌網的事。這些日子因為全部心思放在《蒙面歌手》的比賽中，他們兩兄妹都忘了這件事了。

小嵐搖搖頭，這不好猜啊！

劉彬先豎起兩根手指，然後又豎起五根手指。

方子言說：「兩百五十？」

劉彬搖搖頭。

小嵐說：「兩千五百？」

劉彬還是搖搖頭。

「難道是兩萬五千？」方子言有點不自信。

「是二十五萬！」劉彬誇張地一拍大腿。

「二十五萬？！」小嵐和方子言都挺驚訝的。

方子言眨眨眼睛，問：「彬哥，你消息哪來的，別是搞錯了吧？」

一個署名「無名」的陌生歌手上載的歌，短時間有這樣的下載量，是非常好的成績了。

「絕對沒搞錯！我昨晚找了我朋友洪安國查詢，他剛好在公司值班，是他給我報的數。他還說，他們也曾經以為是系統出錯，一個新歌手不可能有這樣多的下載量，還特別找技術部門查過，結果證明數字是準確的。」劉彬說着，拍拍方子言的肩膀，說，「子言，電視台要你退賽，咱不怕！條條大路通羅馬，咱們就走這條路，同樣可以掙到生活費，同樣可以發展事業。等歌曲積到一定的數量，哥替你錄製CD，到市場上賣。我認識好幾家音像店的老闆呢！我有信心，你肯定能養活自己和依依的。」

原來，電視台要方子言退賽的事，林靜已經知道了。林靜知道後馬上告訴了劉彬，兩人都很擔心方子言的發展前景，擔心他們兩兄妹日後生計。劉彬想起了搜歌網的事，便馬上找洪安國了解方子言的歌曲下載量，結果令他十分驚喜。

方子言感激地對劉彬說：「彬哥，謝謝了！謝謝你和林靜把我們兄妹放在心上，處處替我們着想。」

劉彬擺擺手，說：「不謝不謝！這也算是我們替林鈴贖罪吧！」

方子言搖搖頭：「彬哥千萬別這樣說。這事從頭到尾都不關你們事，何況，林鈴當年也是迫於無奈。

我也沒有怪她。」

劉彬說：「不管怎樣，我們就當是朋友間的互相幫助吧！噢，對了，安國說，他本來就打算過幾天找你的，他們總監想跟你簽長期合約。我昨天給他打電話時，嚇唬他說要簽就要快，遲些會被別的聽歌網把你挖走的。結果他說，今天就過來找你。」

正說着，門鈴叮咚叮咚地響了起來。

「咦，難道是安國？」劉彬急忙跑去開門。

門一開，一個跟劉彬年紀差不多的年輕人出現在大家面前。

「安國，來得好早啊！」劉彬一把摟住年輕人的肩膊。

「嘿，早點簽約早點放心。」洪安國一邊說一邊四處瞧，「無名先生呢？不是說他就住在你的錄音室嗎？」

劉彬把洪安國迎進會客室，他把方子言介紹給洪安國，說：「這就是無名。」

「哇，好年輕，好帥！」洪安國驚喜極了，心想，這「無名」肯定很快就會變成「有名」了。

有人唱歌好但樣子不一定好看，眼前的年輕人歌唱得好，還長這麼帥，紅是一定的了。他更堅定了把

人簽到搜歌網的決心。他朝方子言伸出手：「無名先生，你好你好！沒想到，你歌唱得那麼好，人還長得那麼帥。」

方子言有點不好意思，他跟洪安國握了手，又請他坐下。

「相信劉彬已經說了，請無名先生給我們搜歌網簽獨家上載的合約，不知無名先生意見怎樣。這是擬好的合約書，請你看看。」

一隻小手伸過來，拿走了那份合約：「給我吧，我是他的經紀人。」

洪安國嚇了一跳。洪安國一進來眼睛就盯在方子言身上，沒注意會客室裏還有個小不點。這時聽到小嵐說話，才發現還有個小姑娘在。

劉彬早已習慣了小嵐的人小鬼大，所以也沒特別驚訝，反而給洪安國解釋：「這是依依，是無名的妹妹。別看她小，主意大着呢！所以你別欺負她。」

「不敢不敢！依依，剛才沒看到你，不好意思。」洪安國朝小嵐拱了拱手。

小嵐聳了聳小鼻子，心想，你當然看不見我了，你的眼珠都快沾到哥哥身上了。她低下頭，仔細地看着合約條文。

屋子裏另外三個大人，都盯着這個小傢伙，看她作出怎樣的決定。洪安國就最緊張了，生怕這小孩子一個不高興，説出個「不」字。

小嵐花了十分鐘看完了合約，洪安國馬上問道：「依依經紀人，你覺得怎樣？」

小嵐不貪心，能讓方子言有個發展的地方就可以了。何況，他們是在方子言困難的時候伸出了援手，更是難能可貴。

她點點頭説：「可以。哥哥，簽名吧！」

洪安國很高興，之前還怕這個歌手嫌報酬不夠豐厚，要求更多的分成呢！他樂呵呵地對小嵐説：「謝謝經紀人，謝謝經紀人。」

他跟方子言解釋合約要填的資料，包括真實名字、身分證號碼、出生年份等。方子言點點頭，拿了合約就坐到一邊，低頭填起來了。填好簽了名，把合約交回給洪安國。洪安國喜滋滋地檢查有沒有填漏了，忽然，他眼睛和嘴巴同時張大，吃驚地説：「方子言？無名是方子言？！」

「是的，怎麼樣？」方子言看見洪安國這樣反應，馬上沉下臉來。

這種反應他見得多了。這兩年，每當他去應聘一

些臨時工作，很多時候對方都會露出像洪安國這樣的表情，然後就是一句「對不起，你不符合我們要求」，把他打發走。

「哦哦哦，對不起對不起！」洪安國有點尷尬地說，「我、我可能要回公司請示一下……」

方子言伸手奪過洪安國手裏的合約，幾下撕得粉碎：「不必了，我不稀罕。」

劉彬生氣地說：「安國，怎麼可以這樣！」

「對不起對不起！」洪安國苦着臉，低頭走出了錄音室。

劉彬跟着他走了出去，反身關上了門。

「安國，你是不是聽到了什麼？」

洪安國為難地說：「你沒看到嗎？今天所有的報紙娛樂版頭條全是方子言的新聞。全民聲討，全民抵制，兩年前的欺凌、打人事件被重提，《蒙面歌手》決賽資格被取消。我還敢簽他嗎？回去還不讓老闆給罵死？！」

劉彬瞪着他說：「那你知不知道，他是被冤枉的。」

洪安國聳聳肩：「被冤枉？誰能證明？反正他這次肯定完了，比兩年前完得更徹底，他沒有翻身之日了。」

「胡說！我就不信這世界就沒有公義，沒有良知！」劉彬怒不可遏。

「對不起了老朋友，再見！」洪安國挾着公文包，一溜煙地跑了。好像要逃避瘟疫一樣。

「你這⋯⋯」劉彬指着洪安國的背影，想罵句難聽的，但又忍住了。罵了有用嗎？省口氣好了。

第十八章

林鈴的日記

　　劉彬返身走回工作室，氣呼呼地坐了下來，對方子言說：「子言，安國他⋯⋯真對不起！」

　　「別這樣說。他是他，你是你，你已經幫我很多了。」方子言搖搖頭，又再低頭不語。

　　一次又一次的打擊，一次又一次的失望，把這個十七歲的少年打擊得體無完膚。

　　小嵐坐在哥哥身旁，小眉頭皺得緊緊的。

　　「鈴——」方子言的手機突然響了，他愣了愣，慢慢拿出手機接聽。

　　電話裏傳出一把興奮的女聲：「是方子言嗎？我是林靜。快，快打開白樺電視台，有個記者招待會，快開始了。快看，你一定要看！拜拜！」

　　記者招待會有什麼好看的？方子言很疑惑。不過，他還是選擇相信林靜，一定有原因的。

　　小會客室有個電視機，劉彬找到遙控器，打開了

電視，調到白樺電視台頻道。畫面上是電視台的會議廳，只見最前面放着一張鋪着藍色絨布的桌子，桌子上有個供講者用的麥克風，另外還有幾十個不同傳媒的錄音話筒。會議室裏，坐了百多名男女記者，會議室的後面，攝影記者們在擺弄着各式各樣的攝影機、照相機。

一名主持人手持麥克風走上來，站在桌子側，會議廳裏馬上安靜下來。主持人清了清嗓子，説：「各位傳媒朋友，你們好！今天的新聞發布會，牽涉兩年前一件轟動娛樂圈的大事。事件由於有新的證人和證據出現，所以將會有一個大顛覆，受害人變成作案者，而當時的作案者卻原來是受害人……」

「嘩！」會議室內馬上炸開了。

大新聞啊！有什麼比案情大反轉更吸引的新聞，還是發生在娛樂圈的。

主持人繼續説：「這事件就是兩年前的方子言欺凌和傷人事件……」

原來是這件事！記者們都像吃了興奮藥一樣，眼睛都發亮了。有關方子言的事最近鬧得滿城風雨，正是熱門新聞啊！

劉彬工作室，小嵐興奮地抓着方子言的手：「哥

哥，聽見沒有，你可能有機會洗脫污名了！」

方子言的臉變得煞白，他的手在發抖，含冤受屈幾年，真的有機會擺脫罪名嗎？

他不敢抱太大希望，怕希望落空之後更失望。

主持人繼續說着：「……下面我們請出汪小青小姐，汪小姐是兩年前的事件中，受害人林鈴在國外的室友，她今天就是來告訴大家真相的。有請汪小姐！」

一名大約二十五六歲的年輕女子走了出來，她朝會議室的人鞠了個躬，然後坐到了那張長方形桌子前。

「大家好，我是汪小青，前幾天剛從國外留學回來。我四年前去國外讀書，最後兩年跟一位名叫林鈴的女孩子合租一間公寓。林鈴人很善良，對人很好，但不知怎的，我總覺得她情緒有點憂鬱，不夠開朗。有好幾次，我還發現她偷偷躲在房間裏哭，我很關心她，問她出了什麼事，她也沒說。只是跟我講她曾經害過人，她不是個好人，不值得我關心。一個月前，她突然告訴我要回國處理一件重要的事，但並沒跟我說具體什麼事。第二天一大早她就出門了，我陪她去機場，但沒想到半路上遇到車禍，林鈴成了植物

人。」

「啊？發生這樣的事！真慘！」

「太可憐了！」

一眾傳媒人馬上交頭接耳，議論紛紛的。

汪小青的聲音有點哽咽，她默默地停了一會兒，又說：「我很幸運只受了輕傷，而林鈴就撞到了腦袋，傷得很重。陷入昏迷前，她強掙着，斷斷續續的跟我說了一番話。原來，兩年前的一個傍晚，她一個人在琴房練琴，一個叫萬家富的富家子弟走進來，要非禮她。她拚死抵抗，卻被萬家富打了幾巴掌，正在這時候方子言來了，見到這情形馬上挺身而出保護她。萬家富惱羞成怒，便去打方子言。糾纏中，萬家富跌倒受了傷。這件事本來道理在那位少年，他是屬於自衞還擊。但因為萬家富有財有勢，讓人把琴房的攝像鏡頭剪走了前半截，只留下方子言打他的鏡頭。又指使黑社會恐嚇年方十六歲的林鈴，讓她在警方面前作假證供，顛倒黑白把那方子言說成了欺負她之後又打傷萬家富，令方子言蒙冤受屈。這件事之後，林鈴一直受良心譴責，便申請了去國外公司集訓，離開這個讓她痛苦的地方。這件事一直埋在林鈴心中，她知道自己錯了，恩將仇報，毀了方子言的大好前途。

她之所以突然回國，其實就是想回去澄清事實，還方子言一個清白，可惜不幸遇到車禍……」

「天啊，真相竟然是這樣！」

記者們聽了汪小青的轉述，十分震驚。但他們又馬上搖頭表示遺憾，有人說：「即使方子言真是被冤枉的，但想翻案並不容易。當事人林鈴成了植物人，不能作證，僅憑她室友的話是不足以證明什麼的。」

汪小青繼續說：「林鈴被家人接回國後，她原來住的房間住進了一位新的住客。新住客在收拾房間的時候發現了一本筆記本，她拿來給我，說可能是原來的住客留下的。我一看，原來是林鈴的日記本！出於對林鈴的關心，我徵得林鈴父母的同意後，看了她的日記，竟然發現日記中很詳盡地記錄了當年那件事的真相……」

記者席中炸開了。日記，這可以作物證啊！找警方作字跡鑑定，只要能證實日記的確是林鈴寫的，那就行了。

「我決定把日記帶回國，看能不能為林鈴做些什麼。」汪小青樣子變得很氣憤，「因為我這些年都在外國，對國內的新聞接觸不多，回國後，我通過新聞知道了，好人方子言因此前途被毀、名聲壞掉，成了

人人喊打的壞人。甚至在兩年後的今天，他用自己的努力在比賽中取得好成績，竟然又因為被人翻出這陳年舊事，被取消了參賽資格。而那名真正的壞人，卻頂着社會菁英的光環，成了人們眼中的正人君子。知道這些後，我感到無比的憤慨，試問公義何在？為什麼好人受屈，壞人當道，一個大好青年，竟然被這樣毀掉！所以，在林鈴親人的大力支持下，我決定向傳媒公布真相，替林鈴完成心願。我願作人證，而日記本可以作為物證，希望有關部門，重審當年事件，還方子言一個公道。林鈴那本日記，已由她的親人交給了警方……」

「哄……」發布會現場馬上炸開了，記者們全都埋着頭，雙手飛一般地碼字，爭取儘快把消息發回所屬傳媒機構。而攝影記者就第一時間傳輸照片和攝錄的視頻……

一直坐在角落裏的林靜，此時正手拿電話不知跟什麼人通話，聽着聽着，她突然站了起來，一臉的狂喜，大喊道：「什麼？林鈴醒了？！」

第十九章

蒙面歌王

《蒙面歌手》總決賽的日子到了。

白樺電視大廈前面長長的通道上，人流絡繹不絕。這些人裏面，有參加節目的現場觀眾，有來採訪的傳媒記者。

這場由於是決賽場，所以觀眾名額增加了，從之前的六百名增加到一千名。觀眾們對這場總決賽十分期待，因為晉級歌手中，曾一度被踢走的方子言恢復參賽資格，成了前三名的大熱人選，到時龍爭虎鬥，肯定十分精彩。

傳媒記者們對這次採訪寄予極大期望，因為決賽歌手之一方子言，是近來的新聞熱點人物——蒙冤兩年一朝恢復名譽，陷害他的萬家富因做偽證及誣陷他人兩項罪名被捕。還有方子言化名「無名」的三首歌曲進入網絡十大好歌風雲榜前十名，反正這十多天裏，他的名字一直在網絡熱搜上佔據頭名。

所有傳媒都想找他作深度訪問，只可惜方子言十分低調，一直躲起來練歌。所以，傳媒就只能在方子言比賽前後，對他進行圍、追、堵、截了。據說今天到的傳媒特別多，連偏遠省份的都來了，大家都摩拳擦掌，希望能找到獨家新聞。

　　新聞人物方子言此刻正坐在休息室內，和妹妹說悄悄話。幾天來他的命運發生了翻天覆地的變化，壓在心頭多時的大山被推翻，他不再是那個人們心目中的壞孩子了，不管是認識或不認識的人見了他，都是滿面善意的笑容。有的人則是一臉歉意的，為自己之前對他的誤會甚至傷害而懊悔。而一些歌壇前輩如梁涼等，見了就都是一番鼓勵，祝他在《蒙面歌手》比賽中取得好成績。

　　剛才走進休息室時，早到的歌手還馬上起立，鼓掌歡迎他呢！

　　眼看錄影時間快到了，總導演童暉走進來，對歌手們打了個招呼，然後就叫他們作好出場準備。

　　進入總決賽的八位歌手在半決賽級時已經揭面，所以這場比賽不再蒙面。歌手通過抽籤被分成上下場兩個小組，小組中四人分別進行車輪戰，由場內觀眾即時投票評分，決定出組內的總冠軍候選人。接着，

共五十一人的專業評委團會對兩位組內冠軍進行終極投票，獲勝者將直接榮獲「蒙臉歌王」稱號，捧走歌王獎盃。

火星大俠也披荊斬棘進入了總決賽，這次決賽抽籤抽到了紅組，而方子言抽到了藍組。比賽快開始時，火星大俠朝方子言笑着說：「說不定最後是咱倆爭奪歌王呢！」

方子言對這位爽朗直率的老大哥很有好感，於是笑着說：「我很期待。」

比賽開始了。紅組四名歌手先賽，結果火星俠大俠真的贏了，成為紅組的冠軍候選人。

火星大俠走下台時，開心地朝方子言碰了碰拳頭：「小弟弟，努力啊！我等着和你的巔峯對決！」

方子言上台時，台下馬上響起了熱烈掌聲，掌聲經久不息，方子言深深鞠躬，然後向樂隊示意開始。

方子言接下來要唱的這首歌，叫《真心英雄》。

「……平凡的人們給我最多感動，再沒有恨也沒有了痛，但願人間處處都有愛的影蹤……」

方子言聲音的先天條件很好，唱起歌來可以醇厚而深情款款，也能輕柔婉囀、超脫淡然。他用全副感情，把這首充滿正能量的歌唱得極之感人，令現場的

人如痴如醉、深陷其中。

「不經歷風雨，怎麼見彩虹，沒有人能隨隨便便成功……」

昂揚的歌聲、勵志的歌詞，更是激發了所有人心中的那個夢。令每個人的眼睛都亮晶晶的，好像都找到了人生方向，找到了奮鬥目標。

當音樂停下，歌聲停止時，全場掌聲雷動。毫無懸念的，方子言拿到了藍組的出線權，他將和火星大俠爭奪歌王。火星大俠是國內一線歌手，方子言跟他對決，誰勝誰負很難預料。

不過，不需要太傷腦筋去想這個問題，因為最後的爭奪戰馬上要開始了。火星大俠先唱，方子言隨後。

火星大俠唱的是一部歌劇裏的歌，他一口華麗的男高音，一開腔就鎮住了現場所有人：

「多麼美好啊，晴朗的早晨。芳草萋萋，空氣清新怡人……」

華麗的音色、優美的旋律，真能繞梁三日！

觀眾們都覺得，方子言這回可能要輸了，因為火星大俠唱得實在太好了，太值得讓人投他一票了。

方子言淡定地走上舞台，臨上台前妹妹一聲「加

油」讓他充滿鬥志。他今天唱的歌是《但願人長久》，歌詞是宋代詩人蘇軾所作。

「明月幾時有？把酒問青天。不知天上宮闕，今夕是何年，我欲乘風歸去，又恐瓊樓玉宇，高處不勝寒。起舞弄清影，何似在人間……」

方子言唱得太好聽了！簡直令人起雞皮疙瘩。

「轉朱閣，低綺戶，照無眠。不應有恨，何事長向別時圓？人有悲歡離合，月有陰晴圓缺，此事古難全。但願人長久，千里共嬋娟。」

一曲唱完，觀眾席一片寂靜，大家都忘了鼓掌了。萬萬沒想到，一把男聲，竟然可以把這首歌唱得這樣輕柔似水、仙氣四溢，令人感到不可思議。

十多秒鐘後，人們才突然爆發出掌聲。有人激動地大聲喊道：「子言！子言！子言！……」

一把聲音加進來，十把聲音加進來，百把聲音加進來……

整個大廳都在喊着子言的名字。

直到總導演發現預定時間過了，朝主持人打手勢，胡萌萌才走上去，大聲說：「謝謝大家！」

見到主持人上台，觀眾才慢慢安靜下來。

主持人用充滿激情的聲音說：「剛才兩位決戰歌

手已經表演完了，究竟大家是喜歡火星大俠朱文亮激情澎湃的《我的太陽》，還是喜歡白兔小哥哥方子言柔和婉囀的《但願人長久》？請大家用手中的投票器作出你的選擇。」

屏幕上投票器的數字又開始翻滾了——

一會兒，朱文亮的票數領先，一會兒，方子言的票數領先，舞台大屏幕上顯示的計數器，雙方票數開始不斷攀升。

人們全都興奮地看着熒幕，有人在大聲喊着：「文亮！文亮！」

也有人在大聲喊着：「子言！子言！」

不斷滾動着的數字，最終停了下來。胡萌萌激動地喊道：「結果出來了，朱文亮獲得四百八十二票，方子言獲得五百一十八票。方子言獲勝！祝賀方子言成為蒙面歌王！」

全場歡聲震天、掌聲雷動。所有人都起立鼓掌，祝賀蒙面歌王的誕生。也祝賀方子言洗脫冤屈，從此星途燦爛。

掌聲中，方子言用眼睛搜尋着那個小小的身影，終於在台下觀眾通道上發現了小嵐，他跳下舞台跑到妹妹跟前，一把抱起她，然後跑回舞台。他要和妹妹

一起分享榮耀，一起接受觀眾的歡呼和掌聲，如果沒有妹妹，他可能現在仍像一隻可憐的、被人遺棄的小狗一樣，形單影隻在街頭流浪，過着沒有希望沒有明天的日子。

觀眾們見到小天使般的小姑娘，喊聲更大了，掌聲更響了。他們衷心地為這兩兄妹祝福，希望他們有更美好的未來。

《蒙臉歌手》完美落幕了，方子言拖着妹妹的手走進後台，正好看到林靜推着一輛輪椅走過來，輪椅上，坐着一個手抱鮮花的女孩子。她臉色蒼白，但帶着笑容。她把手中一束花獻給方子言，說：「祝賀你」。

是林鈴！她蘇醒後第一時間勇敢地站出來指證萬家富，為方子言的無辜提供了最有力的證據。

方子言接過鮮花，對林鈴說：「謝謝你。祝你早日康復！」

林鈴神情有點激動，她看着方子言，小小聲說了一句：「對不起！」

方子言豁達地說：「都過去了。朝前看吧！」

林鈴的眼淚「刷」地流了出來。林靜怕她哭出聲來，便抱歉地朝方子言點了點頭，急忙把林鈴推

走了。

　　這天晚上，劉彬特意買了很多好吃的，好喝的，為方子言榮獲蒙面歌王而辦了個小小慶祝會。

　　還沒正式開始，工作室的門鈴就響了，原來是林靜來了。

　　林靜遞給方子言一個文件袋，說：「白樺電視台藝員部何經理託我帶給你一份藝員合約，電視台想簽你為他們的藝員。何經理說先讓你看看，有什麼不滿意可告訴她。如果沒什麼修改意見，她明天就來找你直接簽約。我看了一下，條件還挺優厚的，可以簽。」

　　「謝謝你！」方子言接過文件袋，放在一邊。他倒了兩杯果汁，一杯遞給林靜，一杯拿在自己手裏，他對林靜說：「謝謝你讓當年的欺凌事件真相大白。」

　　記者招待會中，汪小青口中支持和幫助她召開記者招待會、支持她把日記交給警方的林鈴親人，其實就是林靜。當林靜知道汪小青手中有林鈴的日記本時，就連夜找到汪小青，支持她站出來，說出當年真相。當汪小青答應後，她又找到電視台領導，以她的誠懇說服了台長同意安排記者招待會，最終讓當年真

相公布於眾，還了方子言一個清白。

林靜跟方子言碰了碰杯，把果汁喝了，然後說：「這是我應該做的。」

方子言又倒了杯果汁，遞給劉彬：「彬哥，我也要謝謝你。我們本來不認識，萍水相逢，但你卻毫不猶豫地給了我很多幫助。」

劉彬笑着說：「哈哈哈，因為你值得我幫嘛！」

小嵐在一旁笑嘻嘻地看着，為方子言有這兩位熱心腸的朋友而感到無比安慰。將來即使自己離開這裏，也可以放心了。

一直到九點多，林靜和劉彬才離開了工作室。方子言見到小嵐睏了，忙叫她洗漱一下先去睡，自己收拾屋子。小嵐躺在沙發上，看着邊小聲哼歌，邊擦着桌子的方子言，情不自禁地喊了一聲：「哥哥！」

方子言一扭頭，問：「唔？」

小嵐脫口說：「哥哥，你要一直快樂下去。」

方子言看着妹妹那雙明亮的大眼睛，笑着說：「嗯，我會的。」

小嵐笑了，笑得眼睛彎彎，笑得小嘴翹翹，她覺得自己不枉來這裏一趟了。

小嵐做着甜甜的夢睡着了。

當她睜開眼睛的時候，已經是陽光燦爛的早晨。卧房裏布置溫馨典雅，陽光透過落地窗，透過淺綠色的紗簾，淡淡地落在復古的意大利地磚上。

她本能地覺得有什麼不對，咦，這房間，這落地窗……

正發呆時，房門一響，瑪婭走了進來，她朝小嵐行了個禮，笑着說：「公主殿下得趕緊起來了，十點一刻，你要陪同國王陛下接見外國來賓呢！」

小嵐騰地坐了起來：「瑪婭？你是瑪婭？！」

瑪婭愣了愣，驚訝地看着小嵐：「我是瑪婭。公主，你怎麼了？」

小嵐哈哈哈地笑了起來：「我回來了！我回來了！」

小嵐回來了，回到了愛她的人們身邊。她又變回了那位美麗高貴的烏莎努爾公主，變回了宇宙菁英學院的學生。

不過，她還常常想起自己在另一個世界的哥哥方子言。

希望真正的方依依能回到哥哥身邊，希望哥哥前程似錦，永遠快樂下去！

公主傳奇30

我的歌星哥哥

作　　者：馬翠蘿
繪　　畫：滿丫丫
責任編輯：葉楚溶
美術設計：李成宇
出　　版：新雅文化事業有限公司
　　　　　香港英皇道499號北角工業大廈18樓
　　　　　電話：（852）2138 7998
　　　　　傳真：（852）2597 4003
　　　　　網址：http://www.sunya.com.hk
　　　　　電郵：marketing@sunya.com.hk
發　　行：香港聯合書刊物流有限公司
　　　　　香港荃灣德士古道220-248號荃灣工業中心16樓
　　　　　電話：（852）2150 2100
　　　　　傳真：（852）2407 3062
　　　　　電郵：info@suplogistics.com.hk
印　　刷：中華商務彩色印刷有限公司
　　　　　香港新界大埔汀麗路 36 號
版　　次：二〇二一年三月初版

ISBN：978-962-08-7724-7
© 2021 Sun Ya Publications (HK) Ltd.
18/F, North Point Industrial Building, 499 King's Road, Hong Kong
Published in Hong Kong, China
Printed in China